어쩌다 토끼 이야기를
하게 되었지 ?

Moon 보영

어떤 만화의 레귤러 멤버로서,
오직 레귤러 멤버가 무엇인지 말하기 위해

장 수 양

토끼는 언제나
마음속에 있어

토끼는 언제나 마음속에 있어

문보영
장수양

두 시인이 나눈
시와 삶에 대하여

마음산책

토끼는 언제나
마음속에 있어

두 시인이 나눈 시와 삶에 대하여

1판 1쇄 인쇄   2022년 8월 25일
1판 1쇄 발행   2022년 8월 30일

지은이   문보영, 장수양
펴낸이   정은숙
펴낸곳   마음산책

편집   권한라 · 성혜현 · 김수경 · 나한비 · 이동근
디자인   최정윤 · 오세라 · 차민지
마케팅   권혁준 · 권지원 · 김은비
경영지원   박지혜

등록   2000년 7월 28일 (제2000-000237호)
주소   (우 04043) 서울시 마포구 잔다리로3안길 20
전화   대표 | 362-1452   편집 | 362-1451
팩스   362-1455
홈페이지   www.maumsan.com
블로그   blog.naver.com/maumsanchaek
트위터   twitter.com/maumsanchaek
페이스북   facebook.com/maumsan
인스타그램   instagram.com/maumsanchaek
전자우편   maum@maumsan.com

ISBN   978-89-6090-768-3 03810

* 책값은 뒤표지에 있습니다.

언제까지 슬픈 것들을 찾아다니려나.

세상이 행복하고 질서 잡혀 있다는 환상에
질문을 던지는 게 문학의 역할 중 하나겠지.
갈등을 봉합하고, 화해하며 끝나는 이야기들은
때때로 삶의 어두운 부분이나
해결될 수 없는 문제들을 은폐하기도 하니까.

전화 스터디 멤버를 구합니다

전화 스터디 멤버 한 명을 구합니다.
이름, 나이, 직업 등 서로에 대한 정보를 교환할 필요 없고
스터디 외에 사담을 나누지 않아도 됩니다.

취지　전화 스터디를 통해 읽고 쓰는 일을 평소보다 조금 더 한다.
횟수　2회 (일주일에 한 번, 2주간)
소요 시간　1회당 30분 내외
사전 의논 사항　1주차에 읽을 책, 2주차에 쓸 짧은 글의 주제,
그리고 1주차에 통화할 날짜와 시간
신청 방법　댓글에 '신청'이라고 달아주세요.

　1주차　책을 읽고, 통화를 합니다.
　−읽은 책에서 낭독하고 싶은 부분을 읽어줍니다.
　−책을 읽고 작성한 글(감상 등)이 있다면 읽어줍니다.
　−서로 읽어준 부분에 대해 하고 싶은 말이 있으면 하고,
　　없으면 안 해도 됩니다.
　−2주차에 통화할 날짜와 시간을 정합니다.

　2주차　정해둔 주제의 글을 각자 쓰고, 통화를 합니다.
　−작성한 글을 읽어줍니다
　−서로의 글에 대해 하고 싶은 말이 있으면 하고,
　　없으면 안 해도 됩니다.
　−작별 인사를 하고 스터디를 마무리합니다.

위의 글은 장수양이 자신의 블로그에 올린 게시물이다. 이를 본 문보영은 스터디 멤버가 되고 싶다며 댓글을 달았다. 이들은 그렇게 전화 스터디를 시작했고, 2020년 4월부터 지금까지 약 2년간 통화를 주고받았다.

미리 정한 규칙들은 모두 무너졌다. 스터디는 회당 30분을 넘겼으며 2회로 끝나지 않았다. 대부분의 통화는 딴소리로 흘렀고 삼천포로 빠지기도 했다. 느닷없이 풀꽃이나 오리 이야기를 하기도 했고, 아무도 오지 않는 남극의 우체국에 관해 상상하기도 했다. 서로의 동네에 놀러 가고 산책을 하며 시와 무관한 수다를 떨기도 했다. 이 책은 규칙을 함께 어긴 친구들의 대화록이자, 이들이 주고받은 많은 것들의 일부다.

『토끼는 언제나 마음속에 있어』는 제멋대로 흘러간 대화 속에서 우연히 튀어나온 말이다. 숲을 그리는 화가가 타인의 사랑을 바라며 살짝 덧그린 토끼처럼, 때로는 사담에 가까운 이들의 말은 멀지 않은 미래에 또 다른 누군가에게 전해지길 기대하고 있다. 어떤 은밀한 말도 이로부터 완전히 자유로울 수는 없을 것이다. 앞으로 이어질 기록들은 어질러진 대화에 가깝다. 시를 좋아하지만 시 쓰기가 괴로워 자주 실의에 빠졌고, 문학에 대해 말할 수록 문학을 더 모르게 되었다. 하지만 아무리 애써도 다 알 수 없다는 점 때문에 문학이 좋은 것 같았다. 이들은 대화를 마음껏 어지르기에 여념이 없었다. 책이라는 작고 단단한 규격 속에 넣으며 긴긴 대화가 얼마나 분방하고 통제 불능이었는지 알았다. 독자들의 눈에는 사뭇 어지럽고 어수선하게 비칠지도 모르겠다. 대화의 결을 새로이 하며 순서가 변하고 많은 부분이 생략되었다는 점을 미리 밝혀두며, 양해를 구한다.

전화 스터디를 하는 동안 많은 일이 있었다. 일상이 무거울 때에도 스터디를 할 때만큼은 마음이 평온했다. 시에 대한 긴 기다림과 만성적인 슬럼프, 아직도 풀리지 않은 작품 속 의혹들은 이야기를 나누는 동안 가벼워지고 환기되었다. 해결된 건 하나도 없다. 그래도 재미있었다. 이 책도 전화 스터디에서 일어난 재미있는 일 중 하나다. 우리가 나눈 대화를 다시 멀리 날려 보내는 것. 어디에서, 어떤 형태로 비행할지는 모르겠지만 부디 기분 좋은 바람을 타길 소원한다.

2022년 8월
문보영, 장수양

차례

3 덜 슬픈 시

너무 미안해하지 말자.

조금만 미안해하자.

무언가를 따뜻하게 얻어내는 시를 쓰면 돼.

그렇게 하면 돼.

보영 언니가, 시인으로 사는 일은 얼굴에 커다란 점이 있는 것과 비
　　　슷하다고 말했던 것 기억나? 사람들 눈에 그게 계속 보일 거고
　　　그걸 계속 설명해야 한다고.

수양 그랬어? 꼭 네가 한 말 같아서 좋다.

보영 응. 시는 얼굴에 난 점이니까 아껴줘야겠어.

은신처

장수양의 일기

언제부턴가 주위에 친절하고 상냥한 사람들밖에 없다.
나는 편협하기에 이렇게 마음이 넓은 사람들이 아니면
함께할 수 없었던 것 아닐까. 소중한 사람들을 만나
시간을 보낼 때 나 자신은 해치워야 할 빌런이 되기도
한다. 사람들을 나의 검고 슬픈 마음으로부터 보호하지
않으면 후회할 것이다. 그러니까 나는, 내 불완전한
사랑을 좋아하는 사람들에게 슬쩍 내밀면서 들켜버린
새카만 마음을 다시 검게 덮고 있다.

어제는 숨고 싶은 기분이었다. 글을 써서 발표하는
사람인데도 때로 그것들이 쑥스럽고 감추고 싶다. 원하는
방식으로만 들키고 싶은 것들이 많다. 수치심을 참고
밖으로 나갔다. 야경이 예쁜 언덕에 올라갔다. 우리
동네는 계단이 가파르고 좁아서, 사람들은 긴장하고 있고,
실수로라도 어깨를 부딪히지 않는다. 누군가 내려오고
있으면 그가 지나갈 때까지 가장자리에 붙어서 기다린다.
하지만 그 언덕은 아무도 배려할 수 없을 만큼 난도 높은
운동용 길이었다. 오르내리는 사람들은 몸에 딱 붙는

트레이닝복과 운동화를 신고 있었다. 나는 그들이 휘두르는 팔에 두 번이나 맞았지만 땀이 난다는 것 외에는 아무것도 느끼지 못했다. 슬리퍼를 신은 걸 후회하고, 옷을 덥게 입은 걸 후회하고, 굳이 밖에 나온 걸 후회했다. 힘들게 올라간 곳에서 본 야경은 엄청나게 까맣고 예뻤다. 고요한 불빛의 이동을 보면서 나오길 잘했다고 생각했다. 그건 분명 진심이었다. 순간이기도 했다. 야경을 오래 보고 싶었지만 영원히 그 앞에 서 있을 순 없었고, 집으로 돌아가는 길에는 다시 밖에 나온 걸 후회할 만큼 땀을 흘리게 되었으니까. 사람을 만나는 일은 이 야경을 보는 일과 비슷하다. 빛나는 이끌림으로 사람들을 만나길 원하지만 그건 슬리퍼를 신고 엄청나게 가파른 오르막과 내리막을 걷는 것만큼이나 힘들고, 후회도 한다. 하지만 그곳에 가지 않으면 새카맣기도 하고 반짝거리기도 하는 예쁜 모습 같은 건 절대로 볼 수 없다.

수양 나에게는 필명 쓰는 게 은신처였어.

보영 언니한테 필명이 은신처야?

수양 응. 내가 좋아하거나 선택하는 건 다 일종의 은신처 같아.

보영 내게도 그런 은신처가 있었으면 해서 새 블로그를 만들었는 데 잘 안 하게 되더라고.

수양 맞아. 새로 만든 블로그는 유지하기 힘들어.

보영 몇 년간 운영한 다른 블로그가 있으니까.

수양 읽어주는 사람들이 글을 쓰게 만드는 동력인데. 새 블로그엔 그게 없어서 쉽게 공허해져.

보영 응.

수양 바닥에 버려진 느낌이 자꾸 들어서…….

보영 요즘에는 그런 생각을 하고 있어. 내가 여태껏 써온 것과 전혀 다른 스타일의 시를 써서 투고를 해볼까, 하고 말이야.

수양 팁트리 주니어처럼 아무도 모르는 이름을 써서.

보영 맞아. 다른 이름으로 활동하면 재미있을 것 같아. 가명은 무유로 하고 싶어. 무유는 문보영을 욕하고 채찍질해. "이번 계절에 문보영이 발표한 시 진짜 별로였다." 이런 걸 얘기하는 게 무유의 직업이야. 무유에게는 시 쓰는 것보다 그게 더 중요해. 그게 무유의 본업이야.

수양 넌 능청스럽게 말할 수 있을 거야.

보영 그러다가 들켰으면 좋겠어. 쟤 문보영이잖아. 본인이 문보영이니까 문보영이 싫은 거네, 이렇게 생각해줬으면 좋겠어. 하지만 너무 많은 사람이 알아보지는 않았으면 좋겠고.

수양 들키고 싶은 사람에게만 힌트를 주자.

보영 배트맨이나 스파이더맨은 슈트를 입으면 변신하고 슈트를 벗으면 일상으로 돌아가잖아? 그런 슈트가 있으면 좋겠어.

수양 파워레인저처럼.

보영 언니는 필명을 쓰니까 두 가지 이름으로 불리잖아. 어떤 느낌이야? 자아가 분리되어 있어?

수양 분리하고 있어. 잘되고 있는지는 모르겠지만.

보영 이름이 하나라서 나는 일상에서도 나고, 시인일 때도 너무 나인데.

수양 그렇군. 난 필명 쓰는 이유가 그냥, 평소의 날 믿을 수 없어서야. 이것도 도망인데, 나는 가능한 한 편집되고 싶어. 직접 만나는 것보다는 문자를 보내는 게 안전해. 문자는 보내기 전에 고칠 수 있으니까. 장수양은 많이 퇴고한 나여서 타인에게 내보낼 수 있어.

보영 (필명을 쓰면) 나를 그대로 내보내지 않고 퇴고를 거쳐 보여줄 수 있다는 거네.

수양 응. 본명은 좀 엄숙하니까.

보영 필명 쓰는 거 되게 매력적이다. 언젠가 시집을 필명으로 내도 좋을 거야.

수양 사람들이 널 알아보겠지?

보영 누가 봐도 나인데, 나는 내가 아니라고 우기고 잡아떼고. '마미손'처럼.

수양 다들 알면서 모른 척하고?

보영 응. 무유는 성실하게 문보영의 작업에 딴지를 걸고.

수양 누군가 너한테 가서 "이 사람아, 지금 문보영한테 뭐라고 하는 거냐" 하고 물어볼 수도 있겠다.

보영 그럼 무유는 이렇게 말하겠지. "더 열심히 해야 한다. 걔는 지금 놀 때가 아니다."

수양 너인 걸 다 알겠는데? 그리고 진짜 할 거면 이 내용, 공개하면 안 되겠다. 계획을 들켜버리잖아.

보영 이렇게 써놓으면 나중에 나인 줄 알겠지. 난 이미 들키고 싶은가 봐.

수양 결정적인 차이를 둔다면 뭐일 것 같아? 얼굴을 가린다거나, 정말 분홍색 비니를 뒤집어쓴다거나?

보영 드라마에서 보면 현장에 자기만의 표식을 두고 가는 범인 있잖아? 현장에 꽃을 두고 사라지는 것으로 나를 대신하고 싶어. 일지매처럼. 후보는 여섯 개야. 1번 나팔꽃, 2번 장미, 3번 구절초, 4번 눈괴불주머니, 5번 쑥부쟁이, 6번 말발도리.

수양 말발도리가 제일 좋아. 하얗고 무해하고 성스러워. 아니면 7번, 술병을 들고 나타나는 건 어때. 너는 술을 안 마시니까.

보영 응. 그것도 좋네. 나에게 없는 것으로만 구성된 인물을, 내가 좋아하지 않는 것들로만 구성된 인물을 만들어도 재미있을 거야.

수양 약간 취해 있거나.

보영 항상 취해 있는 인물로.

수양 너 아닌 다른 사람이 된다고 말하니까 너 되게 행복해 보여.

보영 그러네. 나, 내가 아니고 싶었나 봐.

수양 나도 그래. 만약 그런 식으로 다른 사람이 될 수 있다면, 나라는 걸 절대 들키지 않을 거야. 아무도 나인 줄 모르는 채로 가능한 한 오래 살았으면 좋겠어.

진심이 되고 싶은 거짓말

나의 거짓말은 진심이 되고 싶어 합니다.
나의 거짓말은 좋은 옷감입니다.
나는 이 천으로 좋은 옷을 짓고 싶어요.

문보영의 일기

꿈에 소 한 마리가 나왔다. 소와 나는 오래된 친구였고,
소는 죽어가고 있었다. 우리는 어두운 방에 있었다. 소는
눈물을 흘리고 있었다. 소의 눈물은 불투명하고 점성이
높아서 흘러내리는 대신 얼룩처럼 볼에 붙어 있었다.

'소가 눈물을 흘려서 얼굴에 지도가 생겼다.' 눈물은
그대로 거기 있다. 한번 흐르면 영원히 얼굴에 붙어 있고,
면적이 넓으며 불투명한 소의 눈물.

시간이 얼마나 흘렀을까. 어떤 사람이 소를 끌고
나타났다. 그 소도 울고 있었다. 그 눈물은 내가 익히 알던
눈물이었다. 검고 커다란 눈에서 흐르는 투명하고 여린
눈물방울이 털에 흡수되어 사라졌다. 그는 소의 진짜

눈물은 그렇게 생겼다는 것을 내게 보여주었다. 내 소의 눈물이 가짜라는 것을 알려주려는 듯이.

이게 다 가짜였다고? 다 거짓말이었어? 나는 놀라는 척했다.

하지만 나는 그 사실을 알고 있었다. 내 소가 가짜라는 사실을. 그게 너무 미안했다, 나의 소에게.

꿈을 꾸고서, 장수양 시인과의 통화를 상기했다. 우리는 글을 쓰면서 짓는 죄, 혹은 글을 쓸 때 진심이 아니었던 순간에 관해서, 그리고 글을 쓸 때 했던 거짓말에 관해 대화를 나누었다. 제목은 '진심이 되고 싶은 거짓말'이다.

수양 작가들은 인터뷰에서 작품에 진심이 들어 있다고 하잖아. 나는 그게 부러웠던 것 같아. 내 경우 자꾸 시에 쓴 것들이 거짓말처럼 느껴져서. 그런데 내가 나의 시들처럼 하고 싶은 건 진짜야. 내가 쓴 것들은 언젠가 진심이 되고 싶은 거짓 말이야.

보영 진심이 되고 싶은 거짓말이라는 말 왠지 포근하다. 근데 진심으로 쓴 것도 돌이켜보면 진심이 아닌 경우가 있잖아.

수양 막상 쓸 때는 진심이라고 생각하면서 써도, 나중에는 아주

소스라치게 뻥인 거지. 살면서 그렇게 시에 붙잡히는 게 많다? '그렇게 써놓고 지금 이러고 있네' 하는 거야. 진짜 내 시처럼 될 수 있으면 좋겠어. 무덤에 가기 전에……

보영 무덤에 가기 전에……. 그러니까 시에서 거짓말을 했는데, 그 거짓말이 사실이 되었으면 한다는 거야? 어떤 게 거짓말이었는지 물어봐도 돼? 난 언니의 시집을 읽으면서 거짓말을 하고 있다는 건 잘 못 느꼈거든.

수양 너무 100퍼센트여서 못 알아보는 거야.

보영 거짓말이 감쪽같아서?

수양 응. 예를 들어 내 시집의 첫 시는 길거리에서 마주친, 어딘가 위험해 보이는 사람이 다치지 않기를 바라는 마음에서 비롯된 건데, 1부의 시들이 다 조금씩 그렇거든?

보영 1부의 제목도 '안전제일'이잖아.

수양 맞아. 그런데 나는 사실 다 없어져버렸으면 좋겠다는 마음이 먼저인 듯해. 어떤 땐 그게 전부야. 내가 사랑하고 안 다쳤으면 싶은 사람들은 내게 중요하지만, 가끔은 날 포함해서 다 어떻게 되든 상관없는 거야. 그리고 다른 사람들을 아프게 하고, 숨 멎게 할 수 있는, 그런 짓을 할 수 있는 서슴없음이 먼저 있다는 걸 느끼지.

예를 들어서, 우리가 철석같이 서로의 인생을 책임질 수 있
는 동반자라고 믿는데, 자칫 '너 따위 나한테 아무것도 아니
야' 이렇게 생각해버릴 수도 있잖아. 그런 때가 있어. 어떤
상황은 너무 잔인하니까. 만약에 그걸 들켰다면 어떨까. 심
지어 말해버렸다면? 상대방은 우울에 시달릴 수도 있어. 그
런 마음을 난 너무 서슴없이 품을 수 있는 거고. 신경 쓰여,
그런 충동이 있다는 것이. 하여튼 내가 쓴 것은 언젠가 거짓
말이 아니게 만들고 싶은 것이야. 우리한테 시간이 있다면,
모든 게 해결되는 시간…… 동그랗게 공처럼 생겨서, 들어가
서 버티면 바라는 대로 이루어지는…… 시간.

보영 시를 쓸 때 진심이 아니었더라도 언젠가 언니의 진심이 될
거야! 앞으로 좋은 거짓말을 많이 연습해야겠어. 거짓말이
사실이 되면 거짓말이 무효가 될 테니까. 일종의 빚 같은 거
지. 이런, 우리는 늘 '채무 시'를 쓰고 있는 걸지도 몰라. 시
와 내가 친구 사이인 줄 알았는데 알고 보니 채무 관계였던
거야. 난 빚쟁이고.

수양 넌 선하게 쓰고 싶다고 했었지.

보영 내가 선하지 않다고 생각하거든. 그래서 선한 사람이 되고
싶어. 선한 책을 보면 종종 좌절하곤 해. 나는 그러질 못하니
까. 가령, 가즈오 이시구로가 그 대표적인 예야. 그 작가처럼
은 못 쓸 것 같거든.

수양 가즈오 이시구로처럼 '잘' 선할 수가 없지. 선해지는 것도 능력인가 봐.

보영 응. 그 사람은 가식적으로 느껴지지도 않아. 언니가 아까 얘기했잖아. 어떤 사람들을 보호하고 싶은 마음과 아닌 마음이 공존한다고. 하지만 언니는 그중에 보호하고 싶은 마음에 대해서 쓴 거잖아. 나한테도 그런 마음이 있을 텐데 나는 그렇지 않은 마음에 관해 더 많이 쓴 것 같아. 그래서 시를 쓸 때 거짓말을 했다는 가책은 적지만 나의 나쁜 마음을 말해버렸다는 사실이 나를 수치스럽게 해.

수양 왜일까.

보영 솔직하려고만 했지 나은 사람이 되려고 하진 않았으니까.

수양 만약 우리가 원래부터 선하면 선함은 필요 없지 않을까? 그래서 나는 도를 닦는 것처럼 거짓말을 한 거야. 선한 마음을 가지고 오려고 했던 거지. 진짜 선함이 있었다면 오히려 조금 악마처럼 하고 싶었을 것 같아. 그러니까 넌 선한 상태로 나쁜 마음을 써버린 게 아닐까.

보영 그렇게 말해줘서 고마워. 사실 언니의 시집을 읽으면서도 한편으로 죄책감이 들었어. 예전에 말했잖아. 가즈오 이시구로의 『나를 보내지 마』를 읽을 때도 그런 느낌 받았다고. 나에게 없는 선한 마음이 이 사람들에게는 있구나. 근데 언니의 말을 듣고 나니 그들도 노력하고 있는 것인지도 모르겠어.

수양 난 항상 가책에 시달리고 있어. 어서 오해를 풀어!

보영 하하. 근데 거짓말을 수련한다는 게 재밌다.

수양 거짓말이 진심이 되도록 수양하고 있어.

보영 그래. 글도 일종의 수양이니까. 거짓말이라는 이름의 수양.

수양 더 수양해야지.

보영 역시 수양은 좋은 이름이야. 이야기를 마무리하기 전에, 최근에 내가 들은 거짓말에 관한 재미있는 이야기를 들려줄게. 15년 동안 회사를 결근한 한 남성의 이야기야. 살바토레 스쿠마체라는 이름의 이탈리아 남성은 약 15년 동안 하루도 빠짐없이 회사를 나가지 않음으로써 결근의 왕으로 등극했어. 출근한 것처럼 속여서 15년 동안 월급을 타갔지. 스쿠마체가 출근한 일수는 단 하루인데, 그마저도 일을 얻기 위해 직장을 찾아간 날이었어. 다음 날부터 그는 출근하지 않았대.

수양 15년 동안 안 들킨 거야?

보영 응. 상사를 협박해서 자신이 출근하지 않았다는 사실을 아무에게도 알리지 못하게 했대. 그런데 그 상사가 은퇴하고 난 뒤에는 아무도 모르게 된 거지. 새로운 상사는 스쿠마체의 존재도 몰랐던 거야. 그렇게 스쿠마체는 15년 동안 출근이라는 긴 거짓말을 친 거지. 15년이 지나서야 이 사실이 알려졌대. 그 사람은 적어도…… 적어도, 거짓말로 돈이라도 벌었다네…….

세상에 미안한 직업

어디선가, 시인은 어떤 직업이냐는 질문을 받았다. 무심코
'세상에 미안한 직업이요'라는 말이 튀어나왔다. 왜
그렇게 대답했을까? 이 이야기를 언니에게 들려주었는데
함께 대화를 나누다 보니 그 이유를 알 것 같았다. 대화를
이어가면 이유를 열 개도 넘게 발견할 수 있을 것 같았다.

언니의 첫 시집 『손을 잡으면 눈이 녹아』에 관한 인터뷰를
하기 위해 만났다. 책날개에 아름다운 문장이 적혀 있다.
시인의 말. '사랑하는 사람들로 가득 차 커다란 혼자.'
시집을 읽고 나서 언젠가 언니를 꼭 인터뷰해야겠다고
생각했다. 인터뷰는 좋다. 평소에 하기 어려운 진지한
질문도 인터뷰라는 탈을 쓰면 쉽게 물어볼 수 있고
오글거리는 말도 할 수 있다. 언젠가 친구들을 모두
인터뷰하고 싶다.

보영 며칠 전에 언니의 인터뷰를 읽었어. 인터뷰에서 언니는 이렇
게 말했지. "앤솔러지에 낸 열 편의 시들은 제각기 다르지만

공통적으로 소중한 것을 여기는 마음, 그로부터의 통증에서 시작되었습니다"라고.

수양 어디였지?

보영 〈차세대열전 2019!〉에서 했던 인터뷰였어. 통증에서 시작되었지만 그럼에도 불구하고 읽는 사람들이 어떤 쾌감을 느꼈으면 좋겠다는 말도 덧붙였고.

수양 맞아!

보영 사실 나는 다음 부분이 더 흥미로웠어. 작품을 준비하며 겪는 고민에 관한 질문에 언니는 "왜 어제 읽은 게임 판타지소설은 마법 스크롤도 얻고 패밀리어도 얻고 온갖 얻는 일들이 챕터가 되는데 내가 쓴 시들은 그렇지 못할까? 나도 뭔가를 짜릿하게 얻어내는 그런 시를 쓸 수 있을까?"라고 말했더라. 마법 스크롤과 패밀리어가 뭔지는 모르겠지만, 판타지소설에서는 주인공이 악당과 싸워서 이기고 보상으로 뭔가를 얻는데 시는 왜 그렇지 않은지 고민하는 거잖아? 왜 그럴까?

수양 난 내가 침대에 누워서 상상하던 문학과, 책상에 앉아서 배운 문학을 나누어 생각하게 된 것 같아. 10대에는 판타지소설만 썼는데 문예창작과에 입학하면서 또 다른 글쓰기를 배웠거든.

보영 침대에 누워서 상상하던 문학이랑 책상에 앉아서 배운 문학이라…… 그게 어떻게 다른지 설명해줄 수 있어?

수양 하나는 나의 욕망을 충족하기 위한 거고, 다른 하나는 내 마음을 다른 사람들에게 전해주기 위한 거야.

보영 그렇구나. 꼭 다른 것 같진 않은데. 그 둘이 분리되어 있어?

수양 그치? 사실 같은 건데, 습관적으로 구분해버리는 거야.

보영 언니의 인터뷰를 보고서, 시를 쓸 때 등장인물이 선물을 받았으면 좋겠다는 생각이 들었어. 왜 자꾸 선물을 빼앗는 시만 썼는지 모르겠어. 왜 계속 빼앗았을까. 미안하게.

수양 너무 겸손한 것 같아, 문학의 마음은.

보영 문학의 마음 미워. 이것도 어떤 강박이지 않나. 결말에서 화려하게 세상을 구하고 우주 평화를 이루면, 문학이 나를 용서하지 않을 것 같거든. 그래서 겸손하게도 우주를 구하지 않지. 그런데 문학이 아니라 내가 나를 용서하지 않는 게 아닐까.

수양 왜 그런 생각이 들까.

보영 죄송합니다, 세상님. 구할 생각을 안 해서.

수양 언제까지 슬픈 것들을 찾아다니려나.

보영 세상이 행복하고 질서 잡혀 있다는 환상에 질문을 던지는 게 문학의 역할 중 하나겠지. 갈등을 봉합하고, 화해하며 끝나는 이야기들은 때때로 삶의 어두운 부분이나 해결될 수 없는 문제들을 은폐하기도 하니까. 그래서 문학은 세계를 구하는 이야기들과 손절하고 반대 방향으로 걸어온 걸 거야. 하지만 그렇다고 해서 현실이 슬퍼야 하는 것도 아니고 그렇게 해야만 문학인 것도 아니잖아. 언제부터인가 문학의 본질은 뭔가를 계속 잃는 게 된 것 같아. 아무것도 구하지 않고 끝나.

수양 엄청 슬픈 강박이다. 이런 게 어딨어? 계속 잃어야 하는 직업이.

보영 계속 잃어야 하는 직업.

수양 꼭 상실의 집합 같아.

보영 그런데…… 가끔은 그냥 귀찮아서 그렇게 하는 게 아닐까? 우주를 구하는 것보다 놔두는 게 덜 귀찮아서. 우주를 구하는 건 너무 복잡하고 번거로우니까. 게다가 자칫하면 오글거리고! 사실 화해하거나 갈등을 봉합하는 것도 성의가 필요한 일이잖아? 결론을 내리지 않고 문제를 해결하지 않는 게 정직한 길일 수도 있지만 때론 내가 너무 성의가 없었나 싶어. 안 되겠어. 이제는 우주를 구해야겠어. 여태껏 세상을 구하지 않았잖아. 이야기 속의 존재들을 홀로 내버려뒀잖아.

수양 설득력 있다. 난 귀차니즘이 심한 데다 항상 주인공을 척박한 곳에 버려뒀지.

보영 게다가 주인공을 딱히 주인공스럽게 만들지도 않았어. 〈어벤져스〉의 히어로들처럼 특별한 능력을 가지게 한 것도 아니고.

수양 친구가 그런 얘길 해줬어. 쓰다 만 소설에서 혼자 기다리고 있을 주인공에게 미안함을 느끼지 않느냐고.

보영 음…… 심지어 이름도 다 잊어버렸네. 그래도 덜 미안한 건 있어. 내 시집에 나오는 삼총사를 친구로 남겨뒀거든. 죽거나 병들게 하지 않았어. 근데 두 번째 시집 『배틀그라운드』에서는 주인공을 죽였어……. 갑자기 미안하다. 왜 죽였을까. 어쩌면 나도 슬픈 강박이 있는지도 몰라.

수양 배틀그라운드는 서로 죽이는 게임인걸……!

보영 그래도, 구할 수도 있었잖아. 그런데 나는 안 구하는 쪽을 택한 거야.

수양 죽음 같지 않은 죽음이었어. 무협지에서 칼 한번 휘두르면 머리가 후두두 떨어지는 것도 그런 일이 일어나는 세상을 보여주는 거니까.

보영 음…… 인물을 죽이든 말든 결말은 슬프다고 정해놓는 것 자체가 미안한 것 같아. 지금까지 그렇게 했던 게 나한테도 미안하고 문학에게도 미안해.

수양 네가 시인이 세상에 미안한 직업이라고 말한 이유가 (거기에) 있구나.

보영 늘 뭔가를 잃는 이야기를 쓰다 보니 이제는 재미있는 시를 쓰고 싶어.

수양 나도 그렇게 됐으면 좋겠어. 언제부턴가 좀 변한 것 같아. 원래는 두 가지 다 좋아했는데. 어렸을 때 봤던 만화 중에 〈에반게리온〉과 〈천사소녀 네티〉가 있거든? 어느 순간 〈천사소녀 네티〉보다 〈에반게리온〉을 더 좋아하게 된 거야. 강한 인상을 남기고 싶어서였나.

보영 〈에반게리온〉이랑 〈천사소녀 네티〉가 어떻게 다른데?

수양 〈천사소녀 네티〉는 훔쳐도 행복해지고 〈에반게리온〉은 아무것도 안 훔쳐도 고통스러워.

보영 왜 이렇게 슬프지. 그러네. 나도 둘 중에 〈에반게리온〉이 더 좋아. 네티의 고슴도치도 좋아하지만. 이렇게 자꾸 말을 번복해서야…… 하여튼, 더 생각해봐야 할 주제네. 왜 세상에 미안한지.

수양 나도 동의해. 번복. 그리고 왜 항상 무릎을 꿇고 있는지도 모르겠어.

보영 난 거의 언제나 그러고 있는지도 몰라. 진짜 다리가 너무 저려.

수양 안 되겠어, 너무 미안해하지 말자. 조금만 미안해하자.

보영 무언가를 따뜻하게 얻어내는 시를 쓰면 돼. 그렇게 하면 돼.

아름다운 번복

장수양의 일기

시에다 대고 느닷없이 인사를 하면 그건 시작일까, 아니면
끝일까? 나는 항상 끝이라고 생각했다. 시 쓰기는
시작하는 일 없이 불현듯 곁에서 발견되기에 언젠가 손을
흔들어준다면 그건 작별이라고 말이다. 한 번쯤 나의 시
쓰기를 멀리 보내주고 싶었다. 나도 쉬고 너도 쉬어서
나중에 서로가 모르는 것을 많이 묻히고 만날 수 있게.
그러면 우리는 어떤 말을 해야 할지 고민하지 않고 깜짝
놀라기만 하면 된다.

전화 스터디 친구와 나는 전화도 많이 했지만, 같이
여행을 가기도 했다. 카페나 집에서 만나거나 산책을 하며
수많은 이야기를 나누고 기록해왔다. 사사롭고 별것 아닌
대화들은 읽을 때마다 그 순간을 떠오르게 한다. 나는
이런저런 것들을 알게 되었다. 시를 쓰지 않을 때에도 시
쓰기를 어디로든 보내기는 어렵다는 것. 그리고 전화를
끊기 전 친구와 다시 만나 얼굴을 마주 볼 수 있을지, 다시
전화를 걸면 받을지, 그 목소리는 이전과 같을지 몰라서
불안한 순간에 대해서도 알았다. 나는 어떤 상황에서든

최악의 경우를 상상하곤 하는데, 꽤 아름다운 환상이 그 상상에 끼어들었다. 다음에는 이상한 곳에서 만나, 이상한 형태로 대화를 나누고, 야릇한 감각을 고스란히 유지한 채, 두 번 다시 현실로 돌아오지 않는 것이다. 친구는 나에게 이 뜻하지 않은 친절을 겪게 한다.

보영 언니, 첫 시집을 내고 난 뒤에 지금은 어떤 시를 쓰고 있어?

수양 내가 요새 쓰는 시들은 전에 쓴 내 시들에 응답하는 시들이야. 요즘에는 그런 시를 쓰고 있어.

보영 어떻게 응답하는데?

수양 내 시집에 「언니의 밤」이라는 시가 있는데, 대학생 때 썼던 시야. 그 시에는 '언니'와 '나'가 나와. 그런데 그 둘은 서로에게 늘 두 번째야.

보영 두 번째?

수양 무슨 이유에선가 둘 다 두 번째야. 언니는 언니니까 양보해야 해서 두 번째고, 나는 동생이니까 두 번째고, 이런 식이지. 두 번째는 첫 번째보다 안전하기도 하고. 그런데 나는 그 시에게, 이제 아무도 두 번째가 아니라고 말하고 싶어졌어. 그 시 안에 든 불안과 걱정을 풀어놓고 싶더라고. 아직 구체적으로는 모르겠지만, '이제 우리는 서로에게 두 번째가 아니라 완전한 친구다'라고 말하는 시를 쓰고 싶어. 작은 위험은 함께 감당할 수 있게.

보영 새로 쓴 시에서 '언니'와 '나'는 서로에게 둘째가 아니라 친구라는 거지?

수양 응.

보영 아름다운 번복이네, 시란.

수양 그러네. 물론 써야 할 시의 모티프를 과거의 내 작품에서 찾는 것은 별로 추천하고 싶진 않아. 나는 자주 그렇게 하지만…….

보영 신기하다. 할 말이 없거나 소재가 떨어졌을 때, 내가 예전에 했던 말을 소재 삼아 말을 이어간다는 게. 누가 그러더라. 많은 것들을 모방하다 보면, 마지막에는 자기 자신만을 따라하게 된다고. 내 경우에는, 내 시가 시의 소재가 된 경우는 드물어. 내 시집에 응답하기보다는 손절할 생각만 해. 왜 그렇게까지 '다른 걸 해야지, 변신해야지, 똑같은 걸 또 쓸 수는 없어'라고 생각하는지 모르겠어. 내가 좋아하는 시인들은 어느 정도 첫 번째 시집과 두 번째, 세 번째 시집의 분위기가 비슷하거든? 그리고 그 시집들이 연속성을 지니고 있어. 그게 너무 좋고. 게다가 좋아하던 시인이 갑자기 변신했을 때

'예전 스타일이 더 좋았는데' 하고 생각할 때도 있어. 그런데도 나는 왜 내 시집과 결별하고 새로운 것을 만들고 싶어 하는지 모르겠어. 어쩌면 첫 번째 시집에서 했던 걸 한 번 더 해도 될지도 모르는데.

수양 네 글쓰기 속에 한 종류의 너만 있는 게 아니기도 하고, 사실 과거에 묶이지 않은 채 다음을 쓰기가 더 어렵잖아. 한 사람인데. 나는 나만큼 내 시에 대해 고민하고 깊이 들어가볼 만한 사람이 앞으로 없을 것 같아서, 내가 해주고 싶었어. (이전화 스터디에서는 네가 그걸 해줬지만⋯⋯!) 그런 기분으로 쓰고 있고. 예전에 시를 쓰던 나에게 지금의 내가 어떤 말을 해줄 수 있는지를 생각해.

보영 멋지다. 난 내 시에게 무슨 A/S를 해줬나. 시집 속 인물들에게 아무 책임을 지지 않았어. 그들이 다음 시집에도 나오냐는 질문을 종종 받아. 절대 다시 나오지 않을 거라고 대답하곤 했는데, 왜 내 멋대로 그들의 삶을 닫아버렸을까? 언니의 시 쓰기는 신기한 방식이야.

수양 너는 네가 원하는 방식대로 쓰게 될 거야. 미래의 넌, 좋아하는 포인트를 찾으면 망설이지 않고 바로 시작할 거야.

보영 좋다. 좌우간 당신이 현재 하고 있는 작업은 당신의 첫 시집에게 대화를 거는 것이군!

수양 응. 내 시집에는 정말 까마득한 과거에 썼던 시들도 있어. 등단하기 전에 쓴 시들이야. 그 시절을 사랑해. 떠올리면 시를 처음 쓸 때의 기분이 되살아나거든. 당시에 나는 시인도 아니었고 시를 쓸 생각도 별로 없었어. 학교에서 나는 소설을 쓰는 애였어서 시 수업을 들어도 사람들이 내게 소설에 대해 얘기했어. 그래도 '시' 하면 그 시절이 떠올라. 먼 곳에서 동경하는 마음으로 조심스럽게 써보던 때였어. 지금도 시를 쓸 때 문득문득 떠올려.

보영 언니는 언니의 까마득한 과거를 사랑하는구나. 그건 정말 멋진 일이야.

언제나 가까이 있는
나를 불편하게 여기겠죠

문보영의 일기

카페에 들어가서 커피를 주문했는데 실험실에서나 볼 수 있는 커다란 삼각 비커를 내주었다. 그 안에 뜨거운 커피가 들어 있었다. 더불어 아이스 볼을 넣은 위스키 잔을 주었는데, 그 잔에 커피를 부으면 되었다. 호빗 마을에서나 볼 법한 음료네. 이런저런 생각을 하다가 좋아하는 시인의 신작 시집을 읽었다. 다른 손님들이 근처에 자리를 잡더니 한 명이 다른 한 명에게 "넌 책 읽냐?" 하고 물었다. 그랬더니 상대방이 "계단 오를 때 읽어"라고 답했다. 그렇게 답하니 질문을 한 사람은 "그렇구나" 하고 답했다. 날이 좋아 테라스에 앉아 있었고, 테라스 울타리의 일부가 허물어진 덕에 화장실이 딸린 옆 건물로 들어갈 수 있었다. 그 건물의 1층에는 나무가 하나 있었는데 가지에 천사 조각이 매달려 있었다. 희한하게 생겼네. 희한하다. 그걸 사진으로 찍고 자리로 돌아와 묘사하고, 아침에 고치던 시의 결미가 마음에 들지 않았던 게 기억나 결미를 나무에 매달려 있는 천사 조각에 관한 묘사로 대체했다. 계단을 오를 때 책을 읽는다던 그 사람의 대답은 내가 혼자 있느라 지어냈다.

저녁에는 수양 언니와 만나 각자 노트북을 켜고 한 시간
정도 작업했다. 언니는 그 사이에 시를 세 편 썼다.

보영 방금 시를 세 편이나 썼다고? 보고 싶다.

수양 봐도 되는데 별로 좋지가 않아. 새로울 것도 없고. 보여줄게.

보영 어떻게 노트북만 켜놓고 뚝딱뚝딱 쓸 수 있어?

수양 읽으면 이해가 될걸? 그냥 아무렇게나 쓴 글이니까. 휴지통
의 전 단계니까.

보영 내가 첫 독자네.

수양 처음이자 마지막 독자.

보영 제목이 '캔디 블루'야?

수양 아무렇게나 저장했지만 뭐가 될지 알 수 없어.

보영 (읽는다)

수양 이해가 가지, 읽어보니까.

보영 아니?

수양 (침묵)

보영 (더 읽는다) 언니 슬퍼?

수양 응?

보영 여기 "슬퍼서 말이 안 나와"라고 적혀 있어. "말 걸 상대가 없으니 다행이야"라고도 적었군. 지금 나랑 있는데 이런 문장을 쓴 거야? 말 걸 상대가 반대편에 앉아 있는데?

수양 (웃음)

보영 결미는 마음에 들어. "내일 전화할게."

수양 (뒤로 넘어간다)

보영 제 얘긴가요?

수양 청자가 네가 아니야.

보영 또 보여주라.

수양 (보여준다)

보영 폰트가 되게 크다. 왜 내 거랑 다르지? 똑같이 10인데 왜 이렇게 커?

수양 화면을 키웠어. 잘 안 보여서. 나는 글자를 좀 자세히 봐야 해.

보영 이렇게 쓰는 것도 좋다. 조금 써도 많이 쓴 것처럼 보이잖아. 폰트가 한 15~20 정도처럼 보이네. (읽는다) "얼굴이 잘 보이지 않아요." 나는 바로 옆에 있습니다만…….

수양 이거 너 아니야아.

보영 (더 읽는다) 독순술이 뭐야?

수양 입 모양 읽는 거. 그 문장 생각해보니까 중복이네. 입 모양 읽는 게 독순술이니까. 그냥 독순술을 배우고 싶다고만 쓰면 되는데. "입 모양을 읽어서 독순술을"이라고 써버렸네.

보영 별로 중복 같지 않은데……. "당신은 언제나 가까이 있는 나를 불편하게 여기겠죠." 되게 좋다. "사람에 가까운 빛깔을 걸치고 사람인 척할까요." 어떻게 이런 문장을 그냥 앉아서 쓸 수 있어? 메모해둔 걸 참고한 것도 아니잖아. 대단한걸?

수양 이런 건 얼마든지 쓸 수 있어. 하지만 너무 직접적이어서 결국 버려져.

보영 그래? 직접적이라······. 시를 잘 쓰는 것도 중요하지만 시가 써지는 것도 중요한데. 잘 쓴 시는 고사하고 난 시가 써지지가 않아.

수양 다들 시 쓰는 방식이 다르잖아. 오래 고민해서 한 편을 딱 쓰는 사람도 있지. 난 많이 쓴 다음 그중에서 다 버리고 조합하는 걸 다음 날쯤에 해. 쓰자마자 하기도 하는데 그렇게 하면 잘 안 되지. 어떤 때는 아니다, 라는 느낌이 확 들어. 하지만 그냥 써버리지.

보영 시를 여러 날에 걸쳐서 쓰는 거네.

수양 응. 하고 싶은 말을 늘어놓으면서 다시 그걸 되짚어봐. 너랑 있는 게 외로워서 쓰는 건 절대 아니야.

(각자 작업한 지 30분 경과)

보영 나도 시 썼어. 다른 시인의 시를 성대모사 하는 중이거든.

수양 읽어볼래.

보영 (시를 보여준다)

수양 그럴싸하다. 그런데 이건 너다, 하는 부분도 있어. 여기야. "공간이 왜곡되고 펴진다" 하고 말하다가 갑자기 딴 얘기 하는 게 너다워. 그리고 "화분은 그 자리에 있고 먼 땅에 관심이 없어서 다리를 건널 기회는 오지 않는다" 이 부분은 네가 아니라 다른 사람이 쓴 문장 같아.

보영 그 부분이 제일 잘 따라 한 부분이라고 생각했는데. 반대로 제일 나 같다니.

수양 그래? 난 왜 그렇게 생각한 거지. (웃음) 그래도 너다운 부분이 더 많아서 좋아. 진짜 잘 따라 하는 건, 뭔가 놀리는 것 같잖아. 너무 잘 캐치하면.

보영 그래서 이제 안 하려고. 하지만 그 시인에게 보여주면 웃을 것 같아.

수양 부정할 수도 있을 것 같아. '나랑 하나도 안 비슷한데'라고.

보영 응.

수양 어떻게 보면 잘 따라 할 수 있는 문체를 지닌 사람이 잘 쓰는 사람 아닐까?

보영 그런 것 같아.

수양 특징적이고. 좀 따라 할 수 있을 정도로…….

보영 성대모사 해보니까 진짜 잘 쓰는 사람일수록 따라 하기가 쉽다는 생각을 했어.

수양 너를 누가 따라 하면 어떨까.

보영 좋을 것 같은데. 사실 요즘 시가 잘 안 써져서 내가 날 따라 해보려고 했거든. 그래서 첫 시집을 다시 읽었어. 그런데 거기 잃어버린 내가 다 있더라.

수양 거기 있으니까 잃어버린 건 아니네.

보영 (웃음) 그런데 따라 하고 싶은 마음이 잘 안 생기더라고. 이건 그때 쓸 수 있는 거고 나는 달라졌구나, 이런 것도 느꼈어.

수양 다른 사람들도 네가 달라졌다고 생각할까?

보영 모르겠네. 내 착각일 수도 있어. 근데 내 시집 분석하는 거 되게 재밌더라.

수양 분석해보니까 어때.

보영 별거 없네, 이런 생각이 들더라고.

수양 별거 없다고?

보영 넘어야 하는 벽이라고 생각했는데 허들 정도네, 이런 느낌이
들었어.

수양 허들 좋다. 그건 달리면서 넘는 거니까.

할 말은 어디에서 와서
어디로 가는가

장수양의 일기

요즘 꿈을 기록하기 위해 콜드슬립(www.koldsleep.com/
dreamnetwork)에 자주 들어간다. 나 말고도 꿈 일기를
쓰러 오는 사람들이 꽤 있다. 나는 주로 현실에 있는
사건과 사람이 복잡하게 뒤엉킨 꿈을 꾼다. 꿈 일기는
타이밍이다. 눈을 뜨고 10초 안에 휴대폰 메모장에
기록하지 않으면 기억이 사라져서 다시는 그 꿈을 떠올릴
수 없다. 쓰는 도중에도 꿈의 기억은 자꾸 사라진다.
가능한 한 빨리 요약해야 한다. 메모장에 남은 두서없는
키워드 몇 개만으로 꿈을 추적하는 동안, 잊어버린 꿈의
공백을 창작으로 채운 결과물이 꿈 일기가 된다. 이런
생각을 했다. 만약 내가 꿈 일기를 쓰지 않으면, 그 많은
꿈을 다 망각의 초원에 떨어뜨려서, 내 어딘가에서 감당할
수 없는 엉망진창의 숲이 무성해지는 것은 아닌가. 그
숲은 친구에게 말을 하기 직전, 순간 뿌옇게 물든 내
머릿속에 숨겨져 있으리라 예상하는 것이다.

수양 요즘 들어 친구를 만났을 때 할 말이 별로 없어. 나는 술친구

들이 많은데, 내가 더 이상 술을 안 마시니까 친구들을 재미 있게 못 해주는 것 같아. 나를 만나면 지루할 것 같고. 아마 친구들은 별 신경 안 쓸 거야. 그냥 혼자 의기소침해졌지. 며 칠 전에 오랜만에 친구들이랑 밤을 새웠던 적이 있어. 한 친 구가 그 자리에서 끊임없이 말을 하더라고. 답 없는 고민 말 고, 답을 할 수 있는 말들을. 딱히 뭘 의식해서 그런 게 아니 었어. 걔는 다른 친구들한테 할 말이 많은 거야. 그래서 나도 말을 하게 되었어. 그게 안심이 되더라. 나는 그러니까, 그걸 좀 배워보고 싶어. 어떻게 하면 그렇게 할 수 있는지. 계속, 뭐라고 그러지, 나는 할 말이……

보영 생겨나지 않는다고?

수양 그거야. 할 말이 없어. 웃긴 게, 그렇다고 말을 안 하는 것도 아니야. 만약 내가 그 친구처럼 말하는 방법을 배우면 그 누 구를 만나도 '내가 할 말이 없어서 친구들을 지루하게 하네' 이런 생각 안 할 거야. 그냥 내 말을 하느라 바쁘겠지.

보영 난 언니가 말을 하지 않아도 즐거운데. 말하는 것 때문에 고 통스러울 때도 있잖아.

수양 때로는 할 말이 많아서 고통스럽기도 하겠지.

보영 응.

수양 넌 할 말을 하는 걸 잘하는 것 같아. 난 하지 말아야 할 말을 하는 걸 잘할 때도 있는데. 이건 무슨 소린지……

보영 나도 할 말이 없으면 헛소리를 해. 식은땀도 나고.

수양 나는 헛소리 그 자체야. 그냥 조용히라도 있으면 좋겠는데 아주 텅 비어 있는 헛소릴 해. 왜 할 말이 없는 걸까? 전에 한 선생님이 수업 들을 때 절대 심드렁해지지 말라고 그랬거든. 그 말이 아직도 생각나는데, 모든 일에 조금씩 심드렁해지는 것 같아. 그리고 꼭 현자처럼, 말해도 소용없는 진실을 나만 알고 있다는 듯, 오만하게 말을 그만둬버려. 지금도 지옥(두 시인은 '지옥'이라는 주제로 스터디를 시도했다)이라는 주제로 많은 사람이 내가 말하고 싶은 말까지 이미 다 했고, 난 그걸 다 들은 기분이야. 똑같은 얘기 하기 싫어서 다른 좋은 얘기 없나 고민해. 결국 못 찾아서 말 못 하고.

보영 절대 심드렁해지지 말라. 내게도 필요한 말인데, 그건. 나도 그래. 지옥에 대해서 할 말이 없어.

수양 그냥 지옥에 가기 싫어.

보영 (웃음) 우리가 무슨 말을 잘 못 한다면 그건 그저 관심의 문제일 수도 있다는 생각이 드네.

수양 그렇군. 내가 지금 할 말이 없는 거에 대해서 할 말이 많아진 것처럼.

보영 그러니까! 난 예전에 '할 말 없는데 시 쓰기'라는 수업을 연 적이 있어. 할 말이 없어서 그랬거든. 그런데 어떤 땐 '할 말이 없는 상태'가 소중한 재료인 것 같아. 시를 쓸 때 할 말이 있으면 시가 안 좋아지기도 해. 음, 안 좋아진다기보다는, 할 말이 있어서 시를 쓰면, 시가 주장이 되어버려. 그런데 주장하려고 시를 쓰는 건 아니잖아? 그럼 왜 쓰더라? 아마 좀 널브러져 있고 싶어서? 그래서인지 나에게 시를 쓰고 싶어지는 순간은 할 말이 없는 순간인 것 같아.

수양 신기하다. 할 말이 없으면 안 써지는 게 아니고?

보영 응. 요즘에 정말 할 말이 없거든. 할 말이 없으면 글을 못 쓸까 봐 두려웠는데 반대야. '이제 시를 쓸 때가 됐구나, 할 말이 없으니 시나 써야지.' 그런 생각이 든달까. 언니도 할 말이 없을 때 시 쓰지 않아?

수양 나는 반대야. 난 할 말이라는 게 시를 쓸 때 꼭 필요한가 봐. 주로 할 말이 되게 많을 때 시를 썼어.

보영 그래?

수양 응. 일상이 하고 싶은 말로 가득 차 있을 때.

보영 응.

수양 시에서 내 할 말만 늘어놓으면 안 된다는 압박은 있어. 그걸 누가 읽든 간에. 할 말로 가득한데 할 말을 참으면서 다른 말을 했을 때, 그게 시가 됐어.

보영 주옥같은 말이네. 할 말을 참는 거. 예전에 언니가 그랬잖아. 전화 스터디 하기 전에 주제를 정해야 한다고. 그래야 그 주제를 제외한 나머지 것들에 관해 얘기하게 된다고. 빗나가게 된다고. 딴소리를 하게 되고, 변방과 언저리에 있는 말을 하게 된다고. 그걸 위해서 할 말이 필요할 수도 있겠다. 또 다른 말을 위한 발판으로서.

수양 맞아. 할 말이 있어야 할 말의 주위라도 맴돌지.

보영 언니 말을 들으니, 할 말로 가득 찬 일기를 쓰다가 그 글이 이륙하는 그 순간에 시가 나왔던 것 같기도 해. 일기가 일기를 벗어나는 순간에 말이야. 그렇게 완성된 시는 내가 하고자 했던 말에서 아주 멀어져서는 아무것도 아닌 말이 되어버려. 할 말은 휘발되고 축축한 바닥에 남겨진 바큇자국이 될 뿐이야. 그리고 애초에 하려던 말을 모두 잊어버리게 돼. 그리고 그게 정말 좋아.

수양 일기가 날아간다는 게 세상 귀엽네…….

보영 요즘에 진짜 할 말이 없어서 좋아. 할 말이 있다는 건 무슨 말을 할지 안다는 거잖아. 그건 시를 쓰기 전에 내가 쓸 시를 이미 다 아는 거고. 시를 쓰면서 화살이 빗나가는 맛이 있어야 하는데. 지금은 할 말이 없어서 내가 뭘 할지 전혀 모르겠고, 그래서 뭐든 할 수 있을 것 같다는 느낌이 들기도 해. 그런데 언니 말대로 지인을 만날 때도 할 말이 없는데, 이건 좀 괴로워. 근황 토크라는 게 나에게는 늘 불가능하게 느껴져. 뭘 물어봐야 할지도 모르겠고. 내가 어떻게 지내는지 잘 모르겠고. 며칠 전에는 옛 친구를 만났는데 할 말이 없는 거야. 친구도 같은 상태였고.

수양 으으…….

보영 미안하고 부끄러웠어. 난 왜 사회적 목소리를 연마하지 못했을까, 싶었어.

수양 나는 그럴 때 무슨 광대가 된 듯이, 되지도 않는 헛소리를 하고, 어디에도 가져다 붙일 수 없는 어설픈 농담들을 막 지껄이면서 친구를 웃기려고 해. 그런데 그 친구가 웃을 리 없지. 내가 봐도 너무 안 웃겨. 그러면서 점점 슬퍼지려고 하는 거야. 왜 그러는 걸까. 차라리 가만히 있지. 그래서 다시 머리카락을 길러야겠다고 생각해.

보영 머리카락은 왜?

수양 머리를 만지려고. 오랫동안 할 말이 없을 때 내 머리카락을 하염없이 만지면서 막 머리를 땋기도 하고 올림머리도 하고 이러려고. 내가 할 말이 없어서 말을 안 하는 게 아니라 잠깐 머리를 만지고 있는 거다, 이렇게.

보영 너무 웃긴데.

수양 지금은 머리가 너무 짧아서 그게 안 돼.

보영 그럴 때 난 내 돼지 인형을 데려가.

수양 말썹러(문보영의 애착 돼지 인형)를?

보영 쓰다듬으려고…… 초면이거나 할 말이 없고 어색할 것 같으면 말썹러를 데려가.

수양 말썹러를 보면 누구나 말을 하게 되지.

보영 나도 말썹러의 머리를 쓰다듬어. 그럼, 보통 상대방도 말썹러의 머리를 쓰다듬거든. 그러면서 어색한 침묵은 귀여운 침묵이 돼.

수양 진짜 웃기다. 귀엽고. 말썹러의 태연하고 우울한 표정이 떠올라.

보영 우리는 긴 머리와 돼지 인형이 필요한 사람들이야.

장수양의 일기

할 말이 없는 이유는 어쩌면 할 말을 다 까먹어버리기
때문일지도 모른다. 그건 아마도 마음속에 내 말을
들어주리라 예상되는 가상의 친구가 더 이상 존재하지
않기 때문일 것이다. 현실에 친구가 있는데도 그들을
마음에 두지 않는다는 것은 나에게 목적 없이 기계음을
내는 로봇처럼 차갑고 딱딱한 기분을 느끼게 한다.
그래서 나는 여기다가 할 말의 부채를 느끼게 하는,
가상의 친구가 있을 만한 조그만 자리를 마련해보았다.

피자 세 조각 먹은
나의 친구
(평소보다 많은 피자)

이곳이 내게 존재감을 발휘한다면, 나는 할 말을 잊기
전에 메모하면서 우리가 만날 다음 순간에 책임감을
느끼지 않을까? 친구를 만나기 전에 젠가처럼 할 말을
쌓아두고, 우리가 만나면 합심해서 그 탑을 다 무너뜨리는
것이다. 그날이 정말 기대가 된다.

배틀그라운드°

—원

그들은 원을 향해 뛴다. 식물이 자라기 힘든 모래땅. 긴 나무다리를 건넌다. 왕밍밍은 꿈 바깥에서 모기에 물렸으므로 꿈 안에서 발바닥을 긁었다. 길고 좁은 나무다리를 건너며 발바닥을 긁는 일은 쉬운 일이 아니다. 송경련, 뒤돌아본다. 무서워하지 마. 너와 나는 같은 편이지만 너는 나의 두려움을 증폭시킨다. 저기, 사과나무가 있다. 나 왕밍밍은 말한다. 내가 그 말을 하는 것은, 나와 관련된다고 해서 내 이야기가 되는 것은 아니며 나와 관련이 없으므로 내 이야기가 되는 경우가 더 많기 때문이다. 송경련과 왕밍밍이 원을 향해 뛴다. 그들은 뛰어야 한다. 왕밍밍이 문득 주저앉는다. 사과나무 아래. 송경련이 말한다. 죽으면 경기를 관찰할 수 있다고, 죽으면 다른 사람의 시점으로 세상을 볼 수 있다고. 그들 듀오는 원을 향해 뛴다. 원은 어디에 생길지 모른다. 그러나 그것은 생기고, 여기에는 약간의 운이 작용한다. 우리가 존재하는 곳에 원이 생기면 움직일 필요가 없지만, 원은 늘 우리 바깥에 존재하므로 우리는 뛴다. 널 사랑해, 널 좋아하진 않지만. 왕밍밍은 그런 말도 할 줄 안다. 나는 꿈을 꾸며 꿈에서 내가 소외되는 상황을 즐길 줄 알기 때문에. 원 바깥에 오래 있으면 체력이 닳고, 결국엔 아파서 죽어버린다. 죽기 싫다면 원 안으로 들어가야 하며 체력이 떨어지지 않도록 땅에서 뭔가를 줍고 그것을 먹어야 한다. 난 죽고 싶지 않다. 난

아프고 싶지 않다. 하지만 누군가 날 아픈 사람으로 생각해주는
건 좋다. 내가 죽자 너는 심각하게 걱정하지는 않으면서 달린다,
라는 문장을 떠올리다가, 날아가는 새가 닫힌 창에 부딪히지 않
고 창을 통과한 것이다, 라는 문장으로 생각이 옮아가고, 그 생
각은, 창문이 없는 세상에서 창문에 부딪힌다면 그건 네가 새라
는 증거다, 라는 결론을 이끌어낸다. 왕밍밍의 시선이 송경련의
어깨에 가닿는다. 두꺼운 사전에 꽂아 둔 낙엽처럼 잘 바스러지
는 어깨다. 그 어깨에 상처가 있다. 급하게 쓰고 온 모자처럼 생
긴 상처다. 상처는 일관성이랄 게 없으므로 아무렇게 묘사해도
괜찮다. 어쩌면 너무 이해하고 있다는 게 병의 원인일지도 모른
다고 생각이 말한다. 사막은 뭔가 희박하다는 것을 의미하며 모
래사막은 바람으로 이동한다. 다시, 사과나무 아래, 내가 있다.
너, 나무 아래서 회복되는 중이니? 라고, 너는 말하지 않고, 넌
그냥 죽어 있는 게 나을 것 같다, 라고 너는 말하지 않고, 나는
가만히 주저앉아 있을 뿐인데, 가지 마 가지 마 가지 마, 거기
사람 있어, 라고 너는 말한다.

ㅇ   문보영, 『배틀그라운드』, 현대문학, 2019.

보영 만약 우리가 같이 영화를 찍으면 어떤 영화가 될까? 쿠엔틴 타란티노는 자신의 영화가 '어질러진 잡지' 같다고 했어. 우리도 그런 걸 만들면 좋을 거야. 난 항상 어질러놓거든. 집 안을 돌아다니면서 온갖 책상에서 글을 쓰곤 해. 그런 느낌으로, 계속 어지럽히는 느낌으로 떠드는 거야.

모텔방에서 TV를 끄는
심리에 관하여

문보영의 일기

대화록을 옮겨 적는 과정에서 우리가 '같아'라는 표현을
자주 사용한다는 사실을 발견했다. "'같아'가 우리의
모국어인 것 같아……." 장 시인이 말했다.

고등학생 때의 일이다. 학교 국어 시간에 선생님이
'같아요'라는 표현은 비문은 아니지만 지양해야 한다고
했다. "오늘은 기분이 안 좋은 것 같아요" 혹은 "오늘은
날씨가 좋은 것 같아요" 대신 "오늘은 기분이 안 좋아요"
"오늘은 날씨가 좋아요"라고 말하는 편이 좋다고 했다.
왜 확신해야 할까. 난 내 말이 헛소리가 아니라는 자신이
없고 내가 하는 말이 맞는 말인지 늘 확신이 없다.

장 시인과 일주일에 한 번 문학에 관한 통화를 하기로
했는데, 마침 공동 친구인 호저의 전시를 볼 일이 있어
연남동의 작은 카페에서 만나 잡담을 나누었다. 이번
스터디에서 다룬 텍스트는 어슐러 K. 르 귄의 소설집
『세상의 생일』에 수록된 단편소설「고독」이다. 대화록을
풀기에 앞서 줄거리를 간단히 요약하면 다음과 같다.

'평온'과 '태어남'은 헤인이라는 행성에서 태어났는데 어머니를 따라 소로 항성계의 열한 번째 행성인 '11-소로'에 가게 된다. 어머니는 그곳에 초대 관찰자로 파견되어 11-소로에 관한 보고서를 작성한다. 많은 시간이 흘러 본래 행성으로 돌아갈 시간이 다가오는데 두 별의 거리상 한번 떠나면 다시는 돌아올 수 없다. 그들은 남을 것인지 돌아갈 것인지 고민에 빠지는데, 동생인 '태어남'과 어머니는 고향으로 돌아가지만 '평온'은 결국 11-소로에 홀로 남는다.

보영 「고독」에서 인상 깊었던 구절로 시작하면 좋을 것 같아. 「고독」은 여행과 정착에 관한 이야기가 아니었나 싶어.

이모 고리에서의 삶, 혹은 정착한 남자와의 삶은 내가 말했듯 반복적이다. 따라서 그런 삶은 지루할 수 있다. 새로운 일은 전혀 일어나지 않는다. 사람은 언제나 새로운 일이 생기길 원한다. 그래서 젊은 영혼에겐 방랑과 정찰, 여행, 위험, 변화가 있다. 그러나 물론 여행과 위험과 변화에도 고유한 지루함이 있다. 결국엔 늘 똑같은 별난 것이 반복되기 때문이다.
(어슐러 K. 르 귄, 「고독」, 『세상의 생일』, 최용준 옮김, 시공사, 2015, 259쪽)

여행을 떠나는 이유는 변화에의 갈망 때문인데 막상 떠나보면 변화조차 지루하고 반복적인 것이 되어버리는 순간이 온

다고, 그래서 여행을 중단하고 고향으로 돌아가고 싶어진다
는 부분이 인상 깊었어.

수양 「고독」의 주인공 '평온'은 오빠랑 엄마가 고향으로 돌아가면
그들을 다시는 볼 수 없다는 걸 알면서도 자신은 그곳으로
돌아갈 수 없다는 것을 받아들여. 언어인지 가치관인지는 모
르겠지만, 절대 거스를 수 없는 무언가가 있었어. 깊이 사로
잡혀 있는 의식 체계의 차이가 느껴졌어. 그것을 소설에 구
현할 수 있다는 게 신기해.

보영 그러네. 그런데 고향이 뭘까? 나는 여행을 하면서 고향을 그
리워한 적이 드물어. 나에게는 그리워할 '발바닥에 밟히는
고운 모래'나 '부뚜막 내음' 같은 게 없거든. 언니는 그런 거
있어?

수양 나도 없는 것 같아. 어렸을 때부터 끊임없이 이사를 다녀서.
내가 길치이기도 하고. 어디가 어딘지 도대체 기억이 안 나
거든. 아마 고향도 나를 기억 못 할걸.

보영 교육과정에서 '향수'라는 주제가 자주 다루어지잖아. 왜 그
리움을 학습시킬까. 나는 고향, 하면 마땅히 느껴야 하는 감
정을 느끼지 못해서 이따금 죄책감을 느껴. 내 고향은 제주
도인데 종종 제주도를 그리워하는 척했어. 그런데 나는 제주
도에 관해서 아는 게 별로 없어. 그 사실을 들킬까 봐 불안해.
고향은 우리가 태어나고 자란 어떤 곳이 아니라 언제든 갱신

이 가능한 개념 같기도 해. 고향이라고 느끼는 공간을 고향이라고 말하고, 고향이 바뀌면 또 다른 고향으로 갈아타며 평생 털갈이…… 아니, 고향 갈이를 하며 사는 거지.

수양 이 소설에 나오는 '원년'이라는 개념 같다. 살고 있는 해가 다 원년이 될 수 있는 것처럼 살고 있는 모든 곳이 고향이 되는 거야. 네가 저번에 갔던 치앙마이 올드시티야말로 너의 고향 같아. 매일 맛있는 음식을 먹으면서 지냈다고 했었지.

보영 맞아! 나는 여행할 때만 밥을 잘 먹어. 언니는 혼자 여행 간 적 있어?

수양 여행은 아닌데, 혼자 모텔에 가서 잔 적들이 있어. 오래전에. 차 끊길까 봐 혹은 다른 이유로.

보영 오……! 흥미로운데? 모텔에서 혼자 뭐 했어?

수양 여러 가지 것들을 했지. 컵라면을 먹는다든가. 좀 좋은 곳에 가면 한 시간이나 목욕을 한다든가. 한 8년 전쯤에는 혼자 모텔에서 텔레비전을 튼 적이 있어. 야한 채널이 나오는데 왠지 화면 속 인물들을 질투해야 할 것 같은 거야. 모텔에 혼자 가는 사람은 많이 없잖아. 나 역시 모텔에 가면 옆방에는 보통 두 사람이 있구나, 하고 짐작하거든. 특유의 그 채널에도 보통 둘 이상이 있고. 나는 사람 없는 방에 혼자 있고 싶지만 마땅히 갈 곳이 없어서 여기 왔는데. 나도 나 혼자만의 무언가를 가지고 싶었는데 그냥 내가 둘이 아니어서, 섹스를 못 해서 고독한 게 되어버려. 물론 가끔은 그것도 포함되지만, 오직 그것만으로 끝나버리는 게 서운했어. 내가 갖지 못한, 가졌어야 했다고 느껴지는 그 무언가가 중심이 돼. 「고독」을 읽을 때는 더 생물적인 고독에 대해 향유할 수 있었던 것 같아.

보영 생각만 해도 고독하다. 그리고 왠지 슬퍼. 음, 생물적인 고독은 어떤 거지?

수양 나한테는 고독이 소외감이 아니고 살아 있으면서 당연히 느끼는 것들이거든. 그게 잘 있는지 항상 확인하곤 해.

보영 고독이 잘 있는지 확인한다……. 언니 말을 들으니, 고독이 일종의 반려동물이면 좋겠다는 생각이 드네. 아침에 나를 깨우며 밥 달라고 하고, 매일 산책시켜야 하고, 그 덕에 내가 건강해지고. 고독이가 혼자 집에 있으면 외로울 테니 집에 일찍 들어가고. 왜 일찍 가냐고 물으면 "고독이 밥 주러……." 그런데 모텔에서는 고독해지기보다 소외감을 느꼈구나. 나도 평소에 TV는 잘 안 켜놓는 편이야.

수양 나도. 어릴 때는 항상 라디오랑 텔레비전이 켜져 있었는데, 보지도 않으면서 켜놓으니깐 '저 사람들은 누구한테 말하고 있는 거야' 하고 생각했어.

보영 TV를 켜두면 가끔 소외감을 느껴. 화면 속 인간은 나를 모르잖아. 그런데 나는 그들이 말하는 걸 보고 있잖아? 뭐랄까. 균형이 안 맞는 기분이야. 그래서 혼자 TV를 보면 좀 슬퍼.

수양 적어도 고독에 관해서만큼은 소유권을 우리가 가져야겠어. 고독에 대해서는 누구나 전공자잖아. '평온'이 결국 우주선에서 내려와 가족과 이별하는 이유도 자신의 고독을 지키기 위해서가 아니었을까.

보영 응. 고독에 대한 소유권. 그게 '평온'이 지키고 싶었던 가장 중요한 거였겠지?

수양 네가 경험한 고독은 어떤 거였어?

보영 내가 경험한 첫 번째 고독은 이런 거였어. 어렸을 적에 방학이 되면 제주도에 계신 조부모님 댁에서 지냈거든? 오빠랑 비행기를 타면, 승무원들이 우리를 돌봐주었어. 매번 비행기 모양 인형을 주었지. 원래는 사야 하는 건데, 보호자 없이 탑승한 어린이에게만 주는 거였어. 네 살, 다섯 살, 여섯 살, 여덟 살…… 매번 받았어. 그런데 언제부터인가 주지 않았어. 왜 인형을 안 주지? 왜 안 주는 거지? 이해가 안 되는 거야. 그런데 내가 이제 어른이기 때문에 주지 않는 거라는 결론에 이르렀어. 그때 느낀 감정이 고독이었던 것 같아. 세상이 더 이상 나를 깍두기로 대하지 않는 것. 그게 고독의 시작인 것 같아.

수양 치앙마이에서는 좋은 고독이 있었지?

보영 응. 한 달 동안 한국말을 안 했거든. 말을 안 하고 사람을 안 만나니 정화되는 기분이었어.

수양 언어가 통한다는 게 문제일까.

보영 음, 영어를 써야 하는데 그럼 단순한 단어밖에 사용하지 못하잖아. 그럴 땐 내가 순박한 염소가 된 기분이 들어. 메에…….

수양 (오늘도 우린 순박한 염소가 되고 말았군……!) 한국어를 쓸 때도 그런 기분 들 때 있어. 조금 서툰 한국말을 구사하는 외국인들도 어딘지 순박한 사람처럼 느껴지지 않아? 그 사람들이 모국어를 쓸 때는 전혀 다른 느낌이라 놀라.

보영 왜 그럴까? 외국어를 사용하면 하고 싶은 말을 부정확하게 표현하게 되고, 진심이 구체적으로 표현되지 못하니까 내가 구체적이지 않은 사람이 돼. 그래서 분노도 덜 구체적인 것이 되고, 감정을 덜 느끼게 된달까……? 그래서 화도 누그러져. 모든 게 어렴풋해져서 좋아.

수양 나는 구체적인 게 늘 좋다고 생각하는데, 어떤 때는 희미해지고 싶을 때도 있는 것 같다!

보영 맞아. 그래서 여행할 때 말을 거의 안 하게 돼. 어쩌면 난 여행을 하면서 새로운 변화나 모험을 기대하지는 않나 봐. 아무와도 말이 제대로 통하지 않기 때문에 혼잣말을 할 수밖에 없는 상황에 처하는 게 좋을 뿐. 그게 여행이 주는 고독이라면 고독이 좋은 놈이라는 생각이 드네. 언니는 창작촌에서 혼자 지낼 때 어땠어?

수양 창작촌에 있으니 돈을 쓸 수 있어서 좋았어. 한 달 집 밖에 나와 있으니까 왠지 여러 곳에 가보고 싶고 새로운 음식을 먹어보고 싶어서 돈을 쓰게 되더라. 글을 쓰는 데 돈을 쓴다는 기분, 신기했어. 그런데도 글을 쓰니까 하루하루 내가 돈을 버는 기분이 들더라고……. 네가 치앙마이에서 매일 좋은 음식을 먹으면서 치유했다는 게 이런 건가, 생각하기도 했어. 혹시 시발 비용이 뭔지 알아? 화났을 때 막 지르는 돈. 그걸 그렇게 부른대.

보영 충동구매 같은 거야?

수양 응. 스트레스받으면 과소비하는 거. 지르는 거.

보영 좋다. 돈에 시발이라고 적혀 있으면 좋을 거 같아. 화폐의 단위가 시발인 거지. 1천 시발, 6시발, 2만7천 시발…… 월급 자랑할 때, 나 이번 달에 300만 시발 받았어, 이러고.

수양 시발 같은 돈이 아니고, 단위 자체가 시발인 거네? 틀린 말이 아니다. 돈 버는 과정이 시발스럽잖아. 그러니깐 난 돈이 아주아주 아름다운 것 같아. 우리가 원하는 모든 것을 우선 돈으로 가늠할 수 있으니까. 누가 나를 돈으로 살 수는 없지만, 돈으로 가늠해볼 수는 있잖아(그런다고 해도, 이젠 아무렇지 않아). 무엇이든 막연하지 않고 정확하기를 원할 때. 나는 파트타임 아르바이트를 오랫동안 해왔어. 나의 한 시간을 흥정할 수 있는 유일한 것이 돈이기 때문에 그게 더 이상 돈으로 생각되지 않고 기호나 그림처럼 느껴지기도 해.

보영 돈이 그림처럼 느껴지는구나. 언니의 이야기가 어쩐지 슬픈걸. 어디서 들은 이야기인데, 돈이 많으면 좋은 이유는, 내가 무엇이 될지에 관한 상상에 제약을 가하지 않게 되기 때문이래.

오타가 생겨도 고치지 말라

수양 「고독」에서 사람들에게 둘러싸이지 않은 개인에 대해 얘기
하는 부분을 읽을 때 기분이 너무 좋았어.

보영 맞아. 그의 소설에서 빼놓을 수 없는 주제지. 르 귄은 늘 공
동체와 사회에 대해 얘기하잖아. 그는 공동체와 사회화를 부
정하진 않지만, 사회의 그물망 사이로 사라지는 개인성에 관
심이 많은 것 같아. 그리고 이 소설에 '의식하라'라는 말이
반복되는데, 그것도 이런 주제와 연관되는 것 같아.

수양 작가한테 의식하라는 말은 꽤 중요하네. 계속 의식하는 게
힘드니까. 깨끗하고 보기 좋은 방을 유지하는 거랑 비슷하게
느껴져. 그게 정말 힘든 것 같아. 내가 원하는 삶이 있어서
그것을 꾸릴 때 즐겁다고 해도, 어느 순간에는 더 이상 그것
을 할 수 있는 여유가 없어.

보영 맞아. 언니가 염색한 머리를 오래 유지할 수 없는 것처럼?
(장 시인은 머리를 황금색으로 염색했다)

수양 응. 나도 이게 마음에 들어. 나는 검은 머리일 때 이렇게 묶
으면(하나로 낮게 묶음) 며느리 같다는 말을 들었어. 한복을

입어야 할 것 같대. 옆으로 땋았을 때는 동자 같다는 말도 들었어. 한국적인 게 싫은 건 아니야. 그냥 바뀌고 싶었어. 아쉽게도 오래는 유지 못 할 것 같아. 두피 건강이 나빠져서.

보영 그동안 스트레스받았겠는걸? 너무해……. '평온'이라면 끝까지 염색 머리를 고수했을 듯. 사실 르 귄이 말하는 '의식'은 사회화와도 다르고, 비사회화와도 다른 것 같아. 우리가 사회화되는 순간에도 그 사실을 의식하라는 것이고, 사회화에 저항할 때조차 그것을 의식하라는 것 같아. 그리고 저항하지 않을 때조차 그것을 의식하는 것. 하지만 반대의 길이 나쁜 것일까 하는 생각도 들어. 가령, 무심함 말이야. 내 경우 의식하고 깨어 있는 방법 중 하나는 휴대폰 끄고 도서관 가기야. 도서관에서만 진정하거든. 그리고 진정해야 비로소 뭔가를 차분하게 의식하게 돼. 그래봤자 내가 의식하는 것은 외부 세계를 의식하지 말자, 라는 의식일 뿐이지만. 휴대폰에 접속하면 명료한 의식을 잃어버리고, 오히려 외부 세계에 대한 정찰을 못 하게 돼. 무심할 때 비로소 생각이란 걸 하게 된달까. 이유는 모르겠어. 조르주 페렉의 소설 『인생 사용법』은 자신의 초관심사에 초경도된 사람들에 관해 1천 장을 할애해. 평생 퍼즐을 만드는 사람의 이야기도 나오는데 그들은 종종 외부 세계와 단절된 은둔자처럼 보이지만, 사실은 그들도 세상을 정찰하는 사람들이 아닐까, 하는 생각이 들어.

수양 정작 바깥을 의식할 때에는 안에 있어야 한다는 말처럼 들려. 진짜 그런 것 같아. 너랑 불에 관한 글을 쓰기로 약속했는데……(두 시인은 이번 스터디에서 불에 관한 글을 쓰기로 했었다).

보영 아, 그랬지.

수양 세 편이나 썼는데 실패했어…….

보영 난 쓰지 않았기 때문에 실패하지 않았어.

수양 멋지다. 다음엔 나도 그렇게 해야지.

보영 나도 끄적인 게 있긴 한데…….

수양 시는 아니구나. 갈수록 시가 아닌 다른 걸 쓰게 되지 않아?

보영 응. 맞아. 왜 그럴까? 언니는 언제 시가 쓰고 싶어져?

수양 나는 사랑하고 싶을 때 시를 쓰는 것 같아. 시는 내 욕망을 최대한 배제하고, 도를 닦는 기분으로 쓰는데. 이 시를 좋아하는 사람이 있었으면 좋겠다고 생각해. 그래서 내 시들은 아주아주 사랑 타령을 해대고, 시 쓰는 일은 외로운 일이 되기도 하는 것 같아. 너는 어때?

보영 음, 내 주변에는 문학에 별로 관심 없는 사람들이 더 많거든.

그래서 시를 쓰기 때문에 느끼는 소외감이 소속감을 능가하는 것 같아. 하지만 시인이 되어서 좋은 것도 많아. 가령, 예전에는 나를 교정해야 한다고 생각했는데, 이제는 사람들이 그냥 '시인이니까 헛소리하나 보다' 생각하고 받아들여주는 것 같아.

수양 시인은 헛소리를 많이 한다고 알려져 있나 봐. 나는 시인이 신묘한 말을 해야 한다고 생각했는데. 시를 발표하기 전에도 헛소리를 되게 많이 했어. 그런데 사람들이 나의 말 중에 뭘 헛소리라고 하고 뭘 참소리(?)라고 하는지 모르겠는 거야. 그래서 말을 할 때마다 조금씩 부끄러운 태도를 취했어. 그러면 사람들이 '저 사람도 자기가 헛소리하는 걸 아나 보다, 굳이 알려줄 필요 없겠군' 하고 넘어가줄 테니까. 나를 아는 사람들이 다 나를 시인이라고 생각하진 않지만, 내가 시를 발표한 이후로는 진심으로 부끄러워. 무슨 말을 하든지 죽을 맛이야. 나는 시인이 되면 신묘하거나 진심인 말만 하고 싶었는데. 내 동경을 내 입으로 박살을 내버리니까 시인으로서 어떤 자리에 참여하는 순간에는 그냥 '죽을 맛'이라고밖에 표현을 못 하겠어.

아, 그런데 최근에 속기를 배우면서 죽을 맛이 아주 약간 가셨어. 속기를 처음 배우면 엄청나게 많은 오타를 내게 돼. 선생님은 그 오타를 고치면 안 된다고 하셨어. 말소리를 들으면서 키보드를 쳐야 하는데 오타를 고치는 동안 낭독이 지나가버리니까, 오타가 나도 고치지 않는 습관을 들여야 한다는 거야. 그래서 나랑 내 친구는 아직도 속기 키보드에 백스페이스가 어디 있는지 몰라.

오타를 내지않고 써보겠다

하지만그건불가넝하다 저버릴 써오타가발생했다

어음 이렇게오타가문화많은 갈 보인니 글을 조금못쓰는

것정도는 아무것도아니다

세상은 오타로가득하하고 그게당연하며 하다

속기학원에처음왔을 때이낡은 컴뷰해 터를 보고깜종교짝

날놀랐다

이컴퓨터는 놀랄만캄낡았는도 자기할일을 잘한다

그그리고 나는 굳이컴퓨터가뇔필요등없다

아네 끝입니다.

(지금은 속기를 때려치운 지 오래다)

이건 속기 키보드로 써본 일기야. 좀 바보 같네. 그래도 속기 키보드로 낸 오타들은 (보면) 기분이 좋아. 키마다 일종의 단축어가 입력되어 있어서 상상도 못 할 오타가 나거든. '보고 깜짝 놀랐다'가 아니라 '보고깜종교짝 날놀랐다'가 훨씬 크게 놀란 것 같지 않아? 내 수치심과는 별개로, 헛소리로 사랑을 말하다 보면 언젠가는 참소리보다 더 사랑하는 것처럼 느껴질 가능성이 분명히 있어.

보영 아, 진짜 웃기네. '보고깜종교짝 날놀랐다'라니. 오타가 생겨도 고치지 말라는 거 너무 좋다. 헛소리로 사랑을 말하기. 그

거 르 귄이 잘하는 것 같기도 하네. 그러고 보면 르 귄은 사랑에 관해서도 자주 얘기하잖아? 네 명이 함께 결혼하는 이야기도 있고. 어땠어?

수양 흥미로워⋯⋯. 나는 사랑이 가족 외적인 데 있다고 생각해. 가족 바깥의 것. 난 아직 내가 선택한 가족을 가져본 적이 없어. 언니에게도 가족이 아니라 친구 같은 점을 느끼면서 더 사랑하게 돼. 사랑은 내가 선택하는 것이니까. 내가 태어나기 전부터 함께 있는 것을 사랑으로 받아들이긴 불편해. 그렇게 하려면 내가 마음속으로 몇 번이고 다시 사랑으로 받아들여야 하는 것 같아. 내가 믿고 싶은 사랑에는 자율성이 되게 중요해. 어쩌면 부자연스러운 듯이 보이는 걸 사랑이라고 믿는지도 모르겠어.

보영 좋다! 맞아. 언니 말대로, 가족은 우리의 의사와 무관히 결정된 거니까, 살아가면서 가족을 사랑하는 재사랑, 후천적인 사랑의 과정이 필요한 것 같아. 가족은 여러 번에 걸쳐 사랑해야 하나 봐.

우주인들의 대화록

장수양의 일기

쓴웃음에는 전염성이 없기에
쓴웃음을 짓고 있는 사람은
결코 다른 이를 쓴웃음 짓게 하지 않는다.
쓴웃음 짓는 사람은 십중팔구 무언가를 알고 있다.
도대체 무엇을 알고 있는 걸까, 궁금해하는 나에게 그는
말한다.

"모르는 편이 좋아."

비로소 모든 종류의 망상에 허락이 떨어진 것이다.

스스로의 이상형이 되기 위해 난 쓴웃음을 짓기 시작했다.
내가 알고 있는 게 무엇일까? 오늘은 망상을 쉬고
싶으니까 털어놓겠다. 내가 알고 있는 것, 그건 바로 내가
변태라는 사실이다. 르 귄의 소설 『어둠의 왼손』에서는
특정한 시기 외에는 사람들의 성별이 발현되지 않는다.
그래서 항상 성별이 정해져 있는 지구인들을 '변태' 혹은
'성도착자'라고 부른다.

나는 항상 성별이 없는 존재의 이야기를 쓰고 싶었다.
르 귄의 소설을 읽고 나서 내가 왜 그런 이야기를 쓰고
싶어 하는지 알았다. 나는 변태, 즉 지구인이 아니고 싶기
때문이었다. 머글을 그만두면 덕후가 되는 것처럼,
지구인을 그만두려면 나도 다른 무언가가 되어야 한다.
쉬운 일은 아니다. 덕후가 머글이 되기도 힘들고 머글이
덕후가 되기도 힘들다. 전자는 새로 거듭나야 하고 후자는
운명이 도와야 한다. 내가 지구인이 아니기 위해선 양측
모두 필요하다.

내 전화 스터디 친구는 자신의 방에서 살아남기 위해
애쓰는 중이다. 그 친구와 르 귄의 단편집 『세상의
생일』에서 각자 몇 편씩 더 읽고 대화를 나누었다.

통화는 두 가지 이유로 직접 대면하는 것보다 안전하다.
첫째, 쉽게 그만둘 수 있다. 친구와 카페에서 만난다면
조금 마음이 불안해진다고 해서 갑자기 집에 가버릴 순
없다. 하지만 통화는 바깥의 사정을 핑계 삼아 끊을 수
있다. 통화의 공간은 통화자의 몸이 있는 공간보다
일시적이다. 잠깐 끊었다가 다시 걸 수도 있다. 그 잠깐
동안 나는 완전히 혼자다. 둘째, (모든 부분에 관하여) 덜
들킨다. 멀고, 보이지 않고, 사정을 생략한다. 이렇게
안전한 통화조차 내가 지구인이라는 걸 숨겨주진 않는다.
그래서 이 대화는 서로가 지구인이라는 것을 용인하는
일시적인 친절의 우주에서 진행되었다(사람은 매일매일

친절할 순 없기 때문에 대화를 지속하면 우리는 진정한
우주인이 될 가능성도 있다).

보영 언니, 르 귄의 「카르히데에서 성년이 되기」 읽었어?

수양 아니. 어떤 내용이야? (책을 찾아본다)

보영 이 소설에는 성별이 없는 존재들에 관한 이야기가 나와. 카
르히데에서는 누구나 '케메르'를 겪어. 케메르란 성기가 발
현되어 성이 결정되는 걸 의미해. 평소에 이 행성의 사람들
은 여성도 남성도 아닌, 중성에 가까운 상태거든? 그런데 한
달에 한 번, 남성의 성기 혹은 여성의 성기가 생겨. 한 달에
한 번만 남성 혹은 여성이 되었다가 다시 중성으로 돌아가
는 거야. 이들의 시각에서 고정된 성, 결정된 성을 가진 존재
들은 발정 난 놈, 혹은 변태나 다름없어. 그러니까 이 소설에
따르면 우리는 아무것도 안 해도 이미 변태인 거야. 르 귄의
소설을 읽으면 우리가 접하는 현실이 다른 세계에서는 완전
히 다를 수도 있다는 걸 받아들이게 돼. 우리 세계에서 당연
한 것들이 우연과 인위의 산물일 뿐이라는 걸 말이야. 신을
납치해서 기억상실증에 걸리게 만든 다음, 세상을 다시 만
들어보세요, 하고 말한다면 기억을 잃은 신은 지금과는 전혀
다른 세상을 만들지도 모르잖아?

수양 어쩌면 우리가 지금까지 '간주해왔던' 인간성 이외의 정수를

일러주는 것 같다. 설정이 상세하기도 하지만 단순히 현실을 전복하는 게 아니라, 아예 있음직한 다른 세계를 내세우고 그것을 오히려 깨야 하는 것처럼 썼구나.

보영 르 귄은 그런 점에서 거의 민속학자 같아. 없는 세계를 지어낸 다음, 그 세계의 문화를 관찰하고 연구한 결과를 독자들한테 들려준달까. 성인이 되어서야 성이 결정되는 이야기를 처음 읽을 때는 당혹스러운데 읽다 보면 너무 재밌어.

수양 그래서인지 가끔 미덕처럼 멍청함을 발휘하는 서술을 발견할 때가 있었어. 르 귄이, 이해하기 어려운 그 행성의 룰을 지구인인 우리가 받아들일 수 있게 조금씩 순화해서 표현하는 거야. 그 행성에서는 성을 인식하는 관점과 법칙이 지구와 다른데 우리는 그 안에 동화된 사람이 아니니까. 무리 없이 읽히도록 가끔씩 둔화된 문장을 섞어줬어.

보영 재밌다. 미덕처럼 멍청함을 발휘한다니.

수양 「선택하지 않은 사랑」이라는 소설에선 네 명이서 결혼하는데, 다음 작품인 「산의 방식」에 이에 대한 주해가 달려 있어.

행성 O에 익숙하지 않은 독자들을 위한 주해
키'오 사회는 두 절반들 혹은 두 반족으로 나뉘고, (고대의 종교적 이유에서) 아침과 저녁이라 불린다. 당신은 당신 어머니의 반족에 속하고, 당신 반족의 누구와도 섹스할 수 없다.

O에서 결혼은 넷이 하는 것이며 세도레투라고 부른다. 아침 반족의 남자 한 명과 여자 한 명, 저녁 반족의 남자 한 명과 여자 한 명이다. 당신은 서로 다른 반족의 배우자 둘 다와 섹스할 수 있고, 당신의 반족 출신인 배우자와는 섹스하지 않아야 한다. 따라서 각 세도레투에는 해도 되는 두 개의 이성애 관계와 두 개의 동성애 관계가 있고, 해선 안 되는 두 개의 이성애 관계가 있다.

각 세도레투에서 예상되는 관계는 다음과 같다:

아침 여자와 저녁 남자 ('아침 결혼')

저녁 여자와 아침 남자 ('저녁 결혼')

아침 여자와 저녁 여자 ('낮 결혼')

아침 남자와 저녁 남자 ('밤 결혼')

금지된 관계는 아침 여자와 아침 남자 간의 관계, 그리고 저녁 여자와 저녁 남자 간의 관계이고, 이 두 관계는 신성 모독이란 말 외엔 아무 이름이 없다.

들리는 만큼 복잡한 건 맞지만, 결혼은 원래 대부분 복잡하지 않은가?

(어슐러 K. 르 귄, 「산의 방식」, 『세상의 생일』, 최용준 옮김, 시공사, 2015, 167~168쪽)

보영 결혼을 네 명이 하는데 그 구성원끼리 모두 관계를 맺을 수 있는 건 아니네? 아침 여자는 저녁 남자, 저녁 여자와 관계를 가질 수 있지만, 아침 남자와는 안 되고. 뭐 이런…… 할 거면 다 하든가. 그런데 사총사(?) 결혼에도 나름 장점이 있는 듯? 예를 들어, 내가 아침 여자라면 '아침 남자'와는 사랑할 수 없잖아? 그러면 그 사람과는 친구가 되겠지? 혼인 관계 속에 친구 한 쌍을 심어둔 거잖아. 이들은 조금 더 현명하고 이성적인 역할을 할 수 있지 않을까? 아니면 재미를 담당하거나. 아니면 파멸을 담당할 수도…….

수양 그러네. 결혼의 울타리 안에 서로의 친구가 함께 있으면 새로운 대화들이 갈등을 환기할 거야. 이렇게 계속 새로운 행성의 방식을 배우다 보면 그 속에서 지금 우리의 결혼 방식을 이상화하는 사람도 나올 것 같다. 「세상의 생일」처럼 그 안에서 각자 다른 신들을 섬기고 있을 테고.

보영 응. 르 귄의 소설 속 결혼은 우리의 결혼과 무척 다르잖아. 「세상의 생일」도 정말 재밌게 읽었어. 신화를 읽는 느낌이 들더라고. 장엄한 대서사시를 읽는 것 같았어.

수양 나도. 가장 처음에 있었던 세상의 원전 같았어. 뭐라고 불러야 하는지 잘 모르겠네. 나는 학교 다닐 때 소설을 많이 썼는데, 내 소설에 '카인과 아벨' 같은 이름을 사용하는 게 싫었어. 신화나 성경처럼 모두 아는 이야기를 가지고 오는 것이. 조금이라도 프로이트적이거나, 오이디푸스 비극처럼 기존에 있던 것과 비슷한 게 내 소설에 생기는 게 싫었어. 항상 그걸 없애고 싶었는데. 르 귄은 어떻게 보면 자기 소설에 어울리는 신화를 만든 거잖아. 물론 전혀 빌려 오지 않았다고 할 수 있는 작품은 없겠지만. 우리는 우리의 신화나 원전을 새롭게 만들면 좋겠다고 생각했어.

글을 쓸 때 다루는 것들은 우주를 날아다닌다. 속도와
집중력 없이는 아차, 하는 사이에 놓쳐버리고 만다.
친구와 통화하는 내내 나는 말을 건네는 일에 쾌감이
따른다는 걸 느꼈다. 우리는 전화를 걸기로 약속한 날짜와
시간은 알고 있었지만 장차 어떤 대화를 나누게 될지는
몰랐다. 내 입에서 무슨 말이 튀어나올지도 알 수가 없다.
대화는 아주 많은 우연으로 이루어져 있으며 열띤
대화의 끝은 운명처럼 느껴지기도 한다. 얼마 지나지 않아
친구와 내가 주고받은 말들은 그로부터 멀리 가라고
우릴 떠밀어줄 발사 지점이 될 것이다. 변화의 예감은
설레고도 슬프다.

기대 있는 순간

수양 난 자급자족할 수 있는 사람 같아. 그런데 누가 여기에 침투하는 순간, 와르르 무너지고 엉망이 돼.

보영 혼자서도 잘 지낸다는 뜻이야?

수양 맞아. 너는?

보영 응. 아마? 그래서 혼자 치앙마이 여행 가는 걸 좋아해.

수양 맞다, 말해줬지. 그런 면에서 조금 비슷했던 걸까.

보영 그럴 수도.

수양 어떤 상태에 있어도 혼자 가만히 생각하다 보면 기분 좋아질 수 있는데. 맛있는 음식만 있어도. 행복의 스펙트럼이 몇 계단 없는 것 같아.

보영 좋은 거 아닐까?

수양 그런데 나는 큰 기대가 없어서 그렇기도 하거든. 이건 안 좋은 듯.

보영 뭔지 알 것 같아.

수양 너도 그럴 때 있어? 난 기대가 많이 없기 때문에 실망도 덜
하는 것 같아. 나쁜 일이 없으면 행복하고.

보영 음, 난 기대가 아주 없지는 않아.

수양 진짜? 나 그런 게 항상 딜레마여서 궁금했어.

보영 왜?

수양 기대가 많을수록 하고 싶은 게 많아지는 것 같아서……. 친
구랑 제주도에 있는 광치기해변이라고, 이끼가 예쁘게 드러
나는 해변에 간 적이 있다? 이끼가 몇 시에 나오는지 검색을
해서, 그걸 맞춰서 갔는데도 못 봤어. 반 정도 물이 차 있으
니까 친구가 실망하는 거야. 오늘 아니면 언제 볼 수 있을지
도 모르는데. 10분만 빨리 왔어도 볼 수 있었는데, 못 봤다면
서. 그런데 나는 그게 너무 멋지고 부러운 거 있지.

보영 친구의 실망이 부러웠던 거야? 음, 알 것 같기도 해. 비슷한
경험이 있어.

수양 어떤 상황이었어?

보영 친구랑 같이 식당에 갔는데 국에 머리카락이 들어 있는 거야. 친구가 너무너무 싫어하는 거야. 몸서리를 치면서. 분노하는 게 부럽더라고. 그런 기대들. 국물에 머리카락이 없었으면 좋겠다는 기대나 창가 자리에 앉을 수 있었으면 하는 기대들. 나에게 그런 기대가 누락되어 있는 것 같아. 나도 이끼 보는 거에 관심이 없을 거야. 그럼 난 뭘 원하는 거지?

수양 아, 너도 그래? 나 그때 한번 부럽고 되게 놀라서, 잊히지가 않아.

보영 그게 언니에게 충격적이었구나.

수양 응. 그런 게 잘 안 생긴다는 걸 깨달아서.

보영 나는 그래서 브이로그를 찍었어.

수양 그렇게 될 수 있는 순간들을 모아놓은 거야?

보영 응. 소소한 기대가 많은 사람이 되고 싶어서. 케이크 같은 거 보며 너무 맛있겠다, 빨리 먹고 싶다, 이렇게 말하면서 자잘한 욕망을 연습하는 거야. 나에겐 그런 기대가 없거든. 나 케이크 싫어해. (웃음)

수양 내가 네 옆에 있었으면, "맛이 없어도 괜찮아." 이런 말을 하고 있을 듯. 내가 왜 그러는지 모르겠는데. 예를 들어 아까 그 예쁘게 생긴 이끼도, "못 봐도 괜찮아." 이런 말을 하고 있는 거야. 별로여도 괜찮아, 이런 생각을 계속해. 걱정 때문인가 봐.

보영 별로일지도 모른다는 걱정 때문에 그러는 거야?

수양 응. 나는 실망하면 마음이 아파서. 친구가 실망하는 것도 무서웠어. 그런데 친구가 실망했을 때는 막상 그렇게 큰일이 아니었거든. 그냥 잠깐 아쉬워하고 그 친구랑 다시 웃으면서 다른 데 놀러 갔단 말이야.

보영 사실 기대가 많은 거 아니야? 그럼 언니가 혼자 이끼를 보러 갔는데 못 보면 어땠을까?

수양 그거는. 내가 거기 갔을 때 맞닥뜨린 그 풍경이 나한테 딱 맞는, 운명인 거지.

보영 아! 언니가 행복을 두려워하는 사람이 아닐까 싶기도 하다. 한편으로 우리가 어떤 종류의 실망에 무능한 이유가, 욕망을 한 부분에 몰아주었기 때문인 것 같기도 해.

수양 어디에 몰아준 거지?

보영 글쓰기? 나는 굉장히 둔한 사람이거든. 사람들과의 관계나 갈등에 있어서도 둔하고. 일상을 사는 일에도 둔해. 맛있는 걸 먹었는지, 잘 잤는지, 공과금을 잘 냈는지 이런 것들. 잘 살고 있는 증표랄까. 그런 게 중요해지질 않아. 좋은 곳에 가서 식사를 맛있게 하거나, 영화 보러 가거나, 그런 게 내게 기쁨도 아니고 슬픔도 아닌 거야. 이렇게 무감각한데 어떻게 시를 쓰고 있는 거지?

수양 원래 그랬던 거야, 아니면 지금 그렇게 된 거야?

보영 원래 그랬어. 그나마 일상을 살려고 노력하면서 조금 바뀐 거야. 그런데 본질적으로 나는 여전히 똑같아. 언니는 이거 하나만 잘하면 된다, 이런 건 없어?

수양 없어. 소설도 진짜 좋아하는데. 시에 대해서는 고집만 있는 것 같아. 이건 내면 안 된다, 이런 거.

보영 (웃음) 하지만 이끼에 대해선 고집이 없고요.

수양 그치. 내가 어디에 몰빵을 하는지 생각해보면, 이런 걸 나는 싫어하는데, 따뜻한 말 한마디 들으려고 하는 것 같아.

보영 어떤?

수양 따뜻한 말 들으려고. 내가 그런 사람인 거야. 난 그게 너무 감상적이어서 싫어. 시로 예를 들면, 읽고 나서 뭐, 재밌네요, 이런 말 한마디 듣고 싶은 거야. 내가 누구한테 조금이라도 위로가 되거나, 시간 죽이기라도 해주거나, 조금이라도 좋게 생각하거나, 내 글에 대해서. 기뻐하거나. 이 작은, 아무것이어도 기분 좋은, 플러스 방향으로서의 쾌감을 위해서 하고 있는 것 같아.

보영 누구에게나 그런 기대가 있지 않아? 그런데 누가 내 글에서 위로를 받았다고 하면, 사기꾼이 된 기분이 들 때가 있긴 해.

수양 우리도 정직한 사기꾼일 수 있을까? 다른 사람들을 위해서 쓰지 못하는 사람이어서 더 어려운 것 같아. 내가 내 맘대로 썼는데도 불구하고 그것을 좋아해주었을 때 누가 날 있는 그대로 좋아하는 것 같으니까, 난 그것만 기다리는 것 같아.

보영 나도 그런 순간을 기다려.

토끼는 언제나 마음속에 있어

문보영의 일기

수양 언니와 브런치 가게에서 만났는데 의자에 커다란
갈색곰 인형이 있었다. 곰은 가슴에 각진 쿠션을 대고
고개를 숙이고 있었다. 그곳에서 샐러드와 샌드위치를
먹고 작업실로 이동했는데, 로비에 똑같은 갈색곰 인형이
있었다. 매일 본 인형인데, 브런치 가게의 곰 인형과 같은
곰인지 깨닫지 못했다. 언니가 "어, 저 곰 여기에도
있다"라고 말해서 알게 되었다. "주인이 같나?" 언니가
물었다. "브런치 가게 주인이랑 이 공유 오피스 주인이?"
나는 웃으며 반문했다. "응." 얼굴을 보니 진지했다.
"설마." 나는 답했다. "아니면, 서로 아는 사이여서 선물을
준 거거나." 그것도 농담이라고 생각했는데 얼굴을 보니
진지했다. "그럴 수도?" "아니면 이 주변에 저 곰 인형을
파는 마트가 있는 게 아닐까? 나중에 다시 브런치 가게에
가면 그 곰 어디서 사셨냐고 물어보자." 언니가 말했다.
과연 진심일까?

언니와 마주 본 채 노트북을 켜고 각자 작업을 하는데,
언니가 책 이야기를 꺼냈다. 며칠 전에 내가 선물한 책

『정직한 사기꾼』을 읽었다며. 정작 나는 그 책을 읽지
않아서 언니가 줄거리를 들려주었다.

수양 동화작가인 안나와 계산적인 카트리가 만나는 이야기야(지
금부터 하는 말들은 『정직한 사기꾼』의 스포일러다). 카트리
는 동생과 함께 한 다락방에 얹혀살고, 안나는 부유하고 커
다란 집에 살아. 어느 날 카트리는 그 커다란 집에 들어가기
로 결심해. 조금씩 안나와 친분을 쌓고, 교묘하게 도움을 주
면서 그 집에 들어가게 되지. 안나는 숲이랑 땅을 그리는 사
람인데 출판사가 원해서 그 위에 토끼를 그려. 사실 토끼 같
은 건 별로 그리고 싶지 않은데 말이야. 그런 안나 옆에서 카
트리는 지금껏 안나가 손해 봤던 모든 일과 계약을 손봐주
고 수수료를 받게 돼. 둘이 함께하는 시간이 늘어가면서, 안
나는 변해. 전에는 고생스럽더라도 어린이들에게 정성 들인
편지를 보내는 사람이었는데 결말에 가서는 좀 야비해 보일
정도로 계산적인 사람이 된다? 결말이 재밌는데, 더 이상 자
신의 숲과 땅 그림 위에 토끼를 그리지 않아. 그게 잘된 건
지, 아닌지는 잘 모르겠어. 어쨌거나 그 동화작가는 이제 사
람들이 좋아하는 그림이 아니라 자기가 그리고 싶은 그림을
그리게 된 거지.

보영 그럼, 결국 토끼를 안 그리게 된 거야?

수양 응. 사실 안나가 강요로 인해 토끼를 그린 건 아니지만 자기

마음에 좀 걸려도 사람들이 원하는 걸 해주려고 했던 건데, 이젠 그러지 않아. 넌 누군가랑 함께 일할 때, 그 사람의 의사를 읽고 그를 위한 결정을 해주려고 하는 편이잖아? 서로를 충분히 알고 결정을 내리면 최상인데. 그게 쉽지 않잖아. 그러니까 출판사든 누구든 간에 가치관이 비슷하고 보는 것이 같으면 마음이 그렇게 편할 수가 없는 것 같아.

보영 그게 참 힘들지. 안나가 어떤 압력에 의해 토끼를 그리다가 나중에는 결국 토끼를 그리지 않게 된 게 슬프기도 하고 좋기도 하네.

수양 토끼를 그리지 않는 게 분명히 더 좋다고 말하기도 어려워서, 나는 아직도 안나와 카트리가 어떤 결말을 맞이한 건지를 모르겠어.

보영 안나의 결말은 알겠는데 카트리는 모르겠네. 이야기가 두 개가 있는 느낌이야. 카트리의 이야기랑 동화작가 안나의 이야기.

수양 응. 뭔가 파악이 안 돼. 그런데 카트리는 마을에서도 되게 유명해.

보영 왜?

수양 계산을 잘하는 걸로. 진짜 우직하게, 융통성 없이 계산해내.

그리고 거짓말을 하거나 속이지 않고. 안나 집에 들어가려고 음모를 꾸미느라 속인 적이 한 번 있긴 한데, 아무튼 계산이 되게 빠르고 믿을 만한 사람이라는 평과, 마녀라는 평이 같이 돌아.

보영 일을 잘하지만 냉정하고 칼같아?

수양 응. 그리고 별로 가진 것 없이 다락방에 살았어. 나중에 그는 어쨌든 목적을 이룬 거잖아. 좋은 집에 들어가서 살고. 근데 자기 동생이 조선소에서 일하는데, 아름다운 배를 설계한다? 자기가 만들 첫 배로.

보영 응.

수양 카트리는 동생이 그 배를 소유하게 해주고 싶어서 돈이 모일 때까지 기다렸어. 그리고 동생이 설계한 배를 남몰래 주문했지. 그 조선소 사람이랑 약간 믿을 만한 거래 관계이기도 해서. 동생한테 알리지 말고 스스로 그 배를 짓게 만들어라, 자신의 배를, 이렇게 요구해뒀어. 그런데 안나가 그렇게 설계해서 만들어진 배를 보고 창작자로서의 동질감을 느껴서 카트리의 동생에게 그 배를 사주겠다고 말을 해. 이제 네 것이 될 거라고, 그렇게 알라고.

보영 카트리가 동생에게 해주려던 걸 의도치 않게 안나가 가로챈 거네. 거기 토끼 그리는 거 아니냐…….

수양 (웃음) 둘이 그걸 가지고 조금 다퉈.

보영 안나랑 카트리가?

수양 응. 카트리는 그걸 비밀로 하고 마지막에 완성됐을 때 동생한테 주고 싶었던 거야.

보영 근데 그 배는 동생이 만드는 거 아니야?

수양 동생은 주문이 들어와서, 내 설계가 남한테 팔려서 만드는 거라고 생각하고 있었거든. 카트리가 깜짝 놀라게 해주려고 그런 건데.

보영 아, 동생이 설계한 배가 실제로 만들어졌다는 거구나.

수양 그 자신의 것은 아니지만 그냥…… 첫 개시인 거지. 이제 안나는 돈이 많으니까 너무 쉽게 그걸 주겠다고 말했는데, 카트리한테는 커다란 목표였던 거야. 나중에 그걸 알게 된 안나가 내가 준 게 아니라 너희 누나가 준 거라고 동생한테 말해줘. 이쪽의 결말에 대해서는 좀 석연치 않은 부분이 남아 있어. 그게 도대체 뭐였는지.

보영 어떤 게?

수양 카트리의 결말. 안나의 결말은 나름 명확한데.

보영 카트리는 어떻게 되는데? 결국 그 집에서 나가?

수양 나가지 않아. 딱히 어떻게 되지도 않고, 밖으로 나도는 자신의 개에 대해서 생각해.

보영 뭐? 안나의 결말보다 더 아름다운데? 언니는 어때? 난 동화작가도 너무 공감돼. 토끼를 그리고 괴로워하는 게. 그리고싶지 않은 걸 그렸는데 사랑받으면 안전하지 못한 방식으로사랑받았다고 느껴질 것 같아.

수양 그런데, 그 동화작가는 토끼 그리는 거를 싫다고조차 생각을안 해.

보영 아, 그래?

수양 그런 것 같아. 안나도 자기가 그리고 싶은 건 토끼가 아니라는 걸 알아. 그거에 대해서 뭐가 잘못됐는지는 알지만 고칠 생각도 딱히 없는 그런 상태에서 이 소설이 시작돼. 타인의 요구를 충족해주는 것도 어느 정도 흡족하기 때문이었을까. 마지막에만 그걸 딱 안 그리더라고. 더 이상 여기에 토끼 같은 건 어울리지 않았다, 그릴 생각이 없었다, 이렇게 하고 끝내.

보영 음…… 안나야말로 뭐랄까, 차가워진 느낌이네. 사실 난 비슷한 이유로 내 책 중에 한 권을 절판하고 싶어. 그래서 안나가 마지막에 토끼를 안 그리는 결말이 좋아.

수양 네가 절판하고 싶다니까 그 책을 한 권 더 사고 싶어지는군. 나도 그 결말이 좋았어. 입체적인 결말인 것 같아. 그렇게 이 타적인 사람이 야비한 얼굴이 되어버리고 더 이상 사람들을 신뢰할 수 없게 되면 또 슬픈 일이니. 원하는 만큼 풀과 땅을 그리는 것도 진짜 좋은 일이긴 한데, 뭔가 알 수 없어진다.

보영 그럼 안나의 토끼를 사랑하던 사람들은 어디로 가야 하나?

수양 스누피처럼 브랜딩이 된 느낌이야. 제품도 나오고, 연극에서 사용 허가를 받기도 하는 걸 보면 이제부터 그릴 그림들은 아예 새로운 것들이리란 예감이야.

보영 새 출발인 거네! 그래도 그 토끼가 사랑받아서 다행이 야…….

수양 안나는 토끼를 놓아준 것일지도.

보영 한편으로 안나의 토끼가 사랑을 많이 받지 않았다면, 안나가 자신의 토끼를 그렇게까지 미워하지는 않았을지도 몰라.

수양 나 그거 보면서 안나가 토끼를 그린 것도 안나가 진짜 원하 지 않은 건 아니었다는 생각이 들더라고. 원래 사람을 그렇 게 믿고 순수한 사람인데. 그리고 카트리도 계산적이지 않은 사람이라는 생각이 들었어. 왜냐하면 결국에는 동생에게 행복을 주려고 그 일들을 설계한 거니까. 결국에는 선택의 문제일 뿐 가치판단을 안 하고 끝났구나 싶었어.

보영 응, 그렇구나. 나도 읽어봐야겠어. 어쩌면 읽는 것보다 이렇게 듣는 게 더 재미있을지도 모르겠다. 언니, 그런데 나 예전에 토끼 키운 적 있어.

수양 이름 뭐였어?

보영 토끼였어.

수양 이름이 토끼야?

보영 처음에는 그로칼랭이라고 불렀어. 로맹가리의 『그로칼랭』에 나오는 뱀 이름이야. 그래서 친구들이 나더러 잔인하다고 하는 거야. 어떻게 토끼를 뱀의 이름으로 부르냐는 거야. 그래서 그냥 토끼야, 토끼야, 하고 불렀어. 그런데 좀 미안해. 사람한테 사람아, 사람아, 이렇게 부른 거나 마찬가지잖아.

수양 사람아…… (웃음) 네 곁에 오래 있었어?

보영 응. 그런데 나를 별로 안 좋아했어. 내가 가까이 가면 도망갔어. 그런데 내가 전자피아노를 치고 있으면, 발밑으로 와서는 가만히 음악을 들었어.

수양 오리들 생각난다.

보영 언니 옆집에 사는 오리들?

수양 응⋯⋯.

보영 맨날 오리 소리 들린다고 했잖아.

수양 너희 집 주위엔 안 살지.

보영 우리 아파트에는 없는 듯?

수양 은근 무서워. 언니는 무서웠대. 우리는 처음에 그게 수챗구멍에 물 빨려 들어가는 소리라고 생각했어. 벅, 벅, 벅, 이렇게 들리니까 수챗구멍에 물 빨려 들어갈 때 그런 소리가 나나 보다, 이렇게 생각했다? 우리 둘 다 그 소리에 익숙해져서, 대화를 해보지도 않은 거야. 그냥 이런 소리가 들리는 거려니, 하고. 어느 날 우연히 같이 있을 때 그 소리가 평소와는 달리 되게 크게 나는 거야. 버억! 버어억! 이렇게. "뭐야?! 갑자기 이상한 소리가 나는데?" 그랬더니 언니가 말하더라고. "어제부터 든 생각인데 저거 살아 있는 거 같아."

보영 (웃음) 소리의 정체가?

수양 어. 갑자기 너무 소름 끼치는 거야. 언니랑 얘기하다가 내가 돼지일 것 같다고 그랬어. 그런데 그다음 날 언니의 예전 직장 동료가 집에 놀러 왔어. 둘이 같이 동네 주변을 걷다가 우리 집 건물 옆면을 딱 봤는데 오리 두 마리가 옆집 베란다에서 뛰어다니고 있었던 거야. 언니가 "실장님 저거 뭐예요?" 하니까 "오린데?" 이러더래. 그래서 거기 진짜 오리가 산다는 걸 알았지.

보영 아, 너무 웃기다.

수양 난 너무 웃겨. 옆집에 오리가 산다는 게. 근데 지금 오리 울음소리를 들으면 어떻게 오리인 줄 몰랐을까 싶을 정도로 그렇게 오리일 수가 없어. '꽥꽥'이 확실해. 왜 저걸 수챗구멍 소리로 생각했는지 이해가 안 갈 정도로 그냥 오리야.

보영 오리는 욕조에 물 받아서 물에 있게 해야 한다더라고. 그래서 화장실에서 소리가 들렸나 봐.

수양 그렇구나. 옥상에는 풀장이라도 있으려나? 거기 주인집이거든.

보영 응?

수양 옆집부터 옥상까지 주인집이야.

보영 방 뺄 때 여쭤봐. 오리분들의 이름.

수양 아냐. 그냥 아무 말 안 하려고. 언제 데려왔는지 좀 궁금하긴 하지만. 내가 봤을 때 그 오리분들이 어렸을 때는 소리가 그렇게 크지 않다가 최근 들어 좀 커진 거 같아. 잘 살았으면 좋겠어. 나랑은 영영 관련이 없을 오리지만.

보영 어쩌다 오리 얘기로 흘러왔지?

수양 아, 너의 토끼에 대해서 얘기하고 있었는데.

보영 맞다. 또 샛길로 빠졌구나. 이번 대화의 제목은 '토끼가 사라졌다' 아니면 '토끼가 사라졌다. 그러나 토끼는 남아 있다' 어때.

수양 좋아. 토끼는 이제 없어, 하지만 하나가 되어 살아가…….

보영 토끼는 언제나 마음속에 있어.

같이 가서 펭귄을 세자

기차가 도착했다. 짐을 한가득 든 채 플랫폼에 서 있었다.
아직 사람들이 다 타지 않았는데 문이 닫혔다. 앞에
서 있던 사람이 짐으로 문을 막은 덕에 문이 다시 열렸다.
내 앞에는 한 할머니가 서 있었다. 그녀는 문이 열리고
닫히는 것이 좋은지 가만히 미소 짓고 있었다.
나는 기차를 놓칠까 봐 겁이 나서 발을 동동 굴렀다.
그러나 어찌어찌해서 모두 기차에 탔다. 복도에서
할머니가 나를 돌아보며 말했다. "정말 어려워. 어휴, 너무
어렵다니까?" 그녀는 어깨를 으쓱하며 웃었다.
언니와 대화를 하는데 그 할머니가 떠올랐다. 겉으로 보면
평온한데, 알고 보니 진땀 빼고 있는. 언니도 어느 날
갑자기 뒤를 돌아보며 말할 것 같다. "어휴, 너무
어렵다니까?"

수양 책을 많이 읽을 필요는 없는 것 같아. 좋아하는 책 한두 권 있
으면 되지. 나는 책 스터디 하러 와서 이런 말을 하고 있네.
어디까지 했지?

보영 76페이지, "사람들은 자기가 속일 수 있는 상대를 조금 덜 좋아하지요"라는 문장(토베 얀손의 『정직한 사기꾼』의 한 문장이다. 「토끼는 언제나 마음속에 있어」 이후 문보영은 『정직한 사기꾼』을 읽었고, 장수양과 다시 만나서 이 책에 대한 두 번째 대화를 나누었다. 하지만 이 글에서 책 얘기는 날려 먹었다).

수양 나도 거기 밑줄 그었어.

보영 자기가 속일 수 있는 상대를 더 좋아하는 게 아니라, 덜 좋아한다고. 난 그래.

수양 완전 동의해.

보영 난 언니를 못 속일 것 같아.

수양 그런데 난 네가 속이려고 안 해도 속을 수 있어. 잘 속거든, 진짜.

보영 속일 게 없어.

수양 난 어떤 문제에 대해서는 사람들이 나를 속여주길 원할 때도 있어. 그러니까 뭐냐면, 좋은 것만 있을 순 없잖아. 그 어떤 타이밍에는 나를 꼭 속여줘야 돼. 속아 넘어가는 나를 조금 싫어하게 된다고 해도.

보영 어떤 걸 속여?

수양 어떤 걸 속이냐고? 예를 들면 싫어하는 마음.

보영 싫어하는 마음을 들키지 말아달라는 것?

수양 응. 나를 좋아하는 사람도 어떤 순간에는 나랑 같이 있기 싫을 수도 있잖아. 만약에 그게 내가 잘못한 게 아니고 불현듯 내 모습이 보기 싫었거나 이런 거라면, 그런 건 속여주었으면 해. 그리고 비밀스럽게 날 멀리 보내.

보영 알겠어. 잘 새겨둘게. 뭔가 감출 때 더 좋을 때가 있지 않아? 숨기는 부분 때문에 관계가 유지되는 것도 있고.

수양 조금씩은 안 읽히는 부분을 남겨놓아야 하는 것 같아.

보영 시를 쓸 때도 그래. 시를 쓴다고 뭔가 해결되는 게 아니잖아. 가끔은 나에 대해서 모르고 있던 부분을 그냥 덮어놨구나, 하는 생각이 들기도 해. 여전히 잘 덮어두고 있구나, 나는 나를 잘 모르는구나, 앞으로도 모르고 싶어 하는구나. 그런데 그 모름을 해결하고 싶지는 않아. 시를 쓰면 나를 더 알게 되면서도 한편으로 더 모르게 돼. 그래서 내가 닳지 않는 느낌이 들어. 산문을 쓰면 쓴 만큼 내 삶이 줄어드는 느낌이 들거든? 더 쓰려면 더 살아야 하고. 그런데 시는, 내 삶과 무관하게 영원히 쓸 수 있을 것만 같아.

수양 그러면 그 마음을 읽는 사람이 계속 사랑할 수도 있네. 내가 자꾸 모르는 부분을 남겨놓아서 다 읽히지 않는 거지. 시에 대해서 다 알 것 같아도 다 알지 못하는 채로. 읽을 때마다 다르게. 그런데…… 요새는 내 시에서 모르는 부분이 잘 안 생겨.

보영 요즘 언니가 할 말이 없어서 시가 잘 안 쓰인다고 했던 게 생각나네.

수양 응. 아주 할 말이 없어져. 내가 좋아하는 묘비명 같은 시들을 이젠 그만 써야 할지도 몰라.

보영 내가 무슨 말을 하려는지 너무 잘 아는 게 문제일 수도 있겠어. 그런데 언니는 묘비명 같은 시가 쓰고 싶다고 했잖아. 지금은 달라?

수양 그랬지. 그런 마음이 있었어. 지금도 없진 않아. 그런데 막상 문예지에 나온 걸 읽어보니까, 내가 한 100살 정도 되는 것 같아.

보영 왜? 묘비명 같아서?

수양 응.

보영 시를 보고 나이를 전혀 유추할 수 없는 게 좋기도 한걸? 그런데 문예지에 발표한 시 읽는 거 힘들지 않아? 난 문예지 오면 내 시만 안 읽거든.

수양 진짜 그래? 어떻게 참지. 난 안 읽을 수가 없더라고. 그래서 가끔 주소를 본가로 바꿔서 썼어.

보영 안 읽으려고?

수양 응. 준비가 되면 가서 펼쳐봐. 어색해지지 않게. 네가 더 좋다고 말해줬던, 그 캐릭터들이 나오는 시들 있잖아. 묘비명 같은 시들 말고. 그런 시가 억지로 뭔가 만들려고 하지 않고 썼던 것들이어서 조금 더 편하긴 해. 시를 쓸 때 불편해야 하는지 편해야 하는지는 잘 모르지만. 그래, 우선은 쉬어야 해.

보영 오락가락이 중요해! 그래. 조금 쉬는 것도 좋을 거야. 음, 언니에게 추천하고 싶은 곳이 있어. 며칠 전에 이런 걸 봤어. 남극에 있는 어떤 우체국에서 채용 공고를 냈어. 다섯 달 동안 그곳에 살면서 우체국을 관리하는 거야. 참고로 거기엔 사람이 거의 살지 않고 우체국에 편지 부치러 오는 사람도 없어. 우체국 옆에 예쁜 선물 가게도 있는데! 그곳에서 해야 하는 건, 우체국 관리하는 거랑 펭귄 수 세기야.

수양 펭귄 수?

보영 응. 개체수를 보호하려고. 그리고 누가 그 우체국을 이용하나 했더니, 예전에는 여행객들이 그곳에 왔을 때 편지를 부치곤 했대. 그런데 팬데믹 이후로 발길이 끊긴 거지.

수양 그럼 선물 가게는 누가 해?

보영 우체국을 지키는 사람이 겸임해. 박물관도 그 사람이 관리해야 한대. 그런데 전기도 잘 안 들어오고 춥대. 남극이잖아. 하루 종일 연락 안 되고, 아무도 오지 않는 우체국에서 펭귄 수를 세면서 다섯 달 동안 버티는 거야. 모집 공고에 따르면 팀을 구하는 것 같더라.

수양 팀을 구해야 하겠다. 혼자 있으면 고독하겠는데.

보영 쉬고 싶다고 하니까 생각났어.

수양 한번 가보고 싶다. 진짜. 다만 너무 추울 것 같아서.

보영 그러니까. 추위만 아니면 난 가고 싶어.

수양 같이 가서 펭귄을 세자.

보영 응! 그런데 다 비슷하게 생겼는데 어떻게 세지. 펭귄이 계속 돌아다니잖아. 하나를 셌는데 또 방금 센 펭귄이 옆으로 지나가면 그 펭귄을 또 세게 될 텐데.

수양 그럼 멀리서 펭귄 무리가 다 모여 있을 때 사진을 찍은 다음 세자.

보영 천잰데? 난 생각했지. 어차피 정확히 못 셀 테니까 맨날 거짓말을 해야겠다고. 근데 정직하게 매일 세다 보면, 나중에는 슬쩍 보기만 해도 몇 마리인지 정확하게 알게 될지도.

수양 네가 사랑하는 펭귄 한 마리가 생길 거야.

보영 훗. 한번 가보고 싶어.

수양 친구가 같이 가주면 난 가서 펭귄이 되어도 상관없어.

친구는 다치지 않으리°

산세베리아 화분을 신으로 섬기는 모임이 있었다. 사만도 그중 하나였다. 어떤 일이 있었을까? 사만은 산세베리아 화분을 사랑하게 되었다. 사만은 상인이었다. 그건 아무것도 아니면서 가치 있는 일이었다.

모임의 사람들은 커다란 산세베리아 화분을 그들이 드나드는 숙소 한가운데 두고 바라보았다. 시간도 의식도 정해진 것은 없었다. 다만 산세베리아를 괴롭히면 안 되었다. 자칫하다 산세베리아가 죽을 수도 있기 때문이었다.

사만은 산세베리아 화분에 가까이 다가갔다. 접촉하지는 않았다. 미끈한 잎을 들여다보며 있을 수 있을 만큼 그 자리에 있었다. 색과 냄새가 어떻게 달라졌는지 미묘하게 알아차릴 수 있었다. 사만은 자주 이런 상태로 산세베리아를 살폈다. 어느 날 다른 산세베리아로 바뀌어도 자신만은 알아차릴 수 있길 바랐다. 그는 모임에 들어온 지 얼마 되지 않은 신입이었고 산세베리아는 그가 있는 동안 한 번도 바뀌지 않았다.

이고가 벽에 기대앉아 커피를 마시며 산세베리아 화분을 응시하고 있었다. 긴 머리카락을 색 입힌 집게로 아무렇게나

넘긴 상태였다. 이고의 부모는 처음부터 이 모임에 있었다. 상주하며 산세베리아 화분을 섬기는 자들이었다. 사만은 그들을 잘 몰랐다.

—커피 마실래요? 제가 조금 마셨지만.
—좋아요.

사만은 이고에게 커피가 든 머그잔을 받았다. 이고는 커피에 설탕을 넣지 않았다. 사만은 커피를 달게 마시는 것을 좋아했지만 산세베리아 화분 앞에서 이고가 주는 커피에는 각별한 정취가 있었다. 사만은 머그잔을 가볍게 흔들었다. 절반 이상 남아 있는 커피가 찰랑거렸다.

—언제나 아주 조금만 드시네요.
—그저 기분을 느끼기 위해서예요.
—그렇군요.

산세베리아 화분은 늘 1층의 넓은 방에 놓여 있었다. 모임에 오는 사람들이 바로 접할 수 있도록 문은 늘 열어두었다. 그곳으로 시원한 바람이 들어왔다.

—난 엄마아빠가 이 모임에 있는 게 좋지만, 한 가지 의아한 게 있어요. 다른 곳과 달리 왜 우리의 신은 살아 있는 걸까요.

　　이고가 말했다. 그 말을 듣자마자 사만의 마음은 슬픔으로 가득찼다. 그는 화분으로부터 눈을 돌리며 고개를 끄덕였다.

　　—그러게요.

　　다른 말이 떠오르지 않았다. 사만은 티나지 않게 이고의 얼굴을 살폈다. 이고의 얼굴은 사만의 힘없는 동의에 실망한 것처럼 보이지는 않았다.

　　— 언젠가 이 산세베리아가 사라진다면 견딜 수 없을 거예요.
　　—저도 그래요.

　　사만은 마른세수를 했다. 손바닥이 지나간 자리에 아직 건강해 보이는 그들의 신이 있었다.

　　—그때는, 같이 죽어요.

이고가 말했다. 사만은 커피로 입안을 축였다. 미지근한 온도와 쓴맛은 서로를 깊이 이해하고 있었다. 그는 고개를 끄덕였다.

―그래요.

작은 목소리였지만 이고는 만족한 듯 보였다. 반쯤 열어둔 창문의 커튼이 부풀었다.

이고는 머리카락을 올린 집게를 빼서 바닥에 내려놓았다. 그곳에는 이고가 심심할 때마다 볼 수 있는 책과 곧잘 만지작거리는 나무 블록이 있었다. 젠가를 하면 좋겠지만 블록은 하나뿐이었다. 가끔 산세베리아가 젠가를 올려주는 장면을 떠올리곤 했는데, 이고의 상상 속에서 게임의 끝무렵 무너지는 것은 언제나 젠가가 아니라 산세베리아였다.

이고는 벽에서 등을 떼고, 무릎으로 걸어 화분 앞까지 왔다. 그는 키가 작았다. 일어서면 지금의 산세베리아와 꼭 같았다. 그것을 확인하는 것은 이고에게 대단히 기쁜 일이었다. 이고는 일어나지 않고 무릎을 꿇은 채 도기로 만든 화분을 양팔로

끌어안았다. 산세베리아 잎에는 전혀 닿지 않았다.

　　—네가 좋다.

　　이고가 말했다. 사만은 머그잔을 들고 가만히 있었다. 그
는 속으로 '만일 그때가 온다고 하더라도 이고를 죽게 하진 않
을 거야. 나는 잘 모르겠지만' 하고 생각했다. 아무도 들은 이
는 없었고 산세베리아도 고요했다.

○　　장수양, 『손을 잡으면 눈이 녹아』, 문학동네, 2021.

보영 시를 대충 쓰면 시가 슬퍼지는 것 같아. 근데 시를 열심히 쓰면 시가 덜 슬퍼져. 그래서 시를 열심히 쓰려고 해.

수양 슬픈 게 없었던 건 아니야. 내가 좋아하는 거에서 슬픔을 찾아 내. 그리고 마음 아파하는 그 감미로운 자극을 자꾸 느끼고 싶 어 해. 심지어 스누피를 보면서도 이거 좋구나, 하면서 이 개의 눈빛이, 축 처진 귀가 슬퍼 보이는구나⋯⋯.

음주 낙서는 어떻게
시가 되었을까?

문보영의 일기

언니와 만나기 전에 과학책을 읽고 있었다. 양자역학에
관한 책이었는데, 양자역학에서는 며칠 전까지 내가
공부하던 고전 물리학의 세계와 전혀 다른 이야기를 하고
있었다. 양자역학에 따르면 중력이란 끌어당기는 힘이
아니라 공간과 시간을 휘게 만드는 무엇이다. 태양 뒤에
가려져 있는 별을 지구에서 볼 수 있는 이유는 중력으로
인해 태양 주변의 공간이 휘게 되고, 직선으로 가는 별이
공간을 따라 휘기 때문이라는 것이었다.
오늘 언니에게 이 이야기를 들려주었다. "중력은
끌어당기는 힘이 아니래. 배신이야." 그러자 언니가
말했다. "끌어당기는 힘이 아니었어?" "응. 휘어지는
힘이래. 우리가 떨어지는 이유는 지구가 우리를
끌어당겨서가 아니라 그냥 공간이 휘어서인 거야."
"그래? 그건 너무 슬픈데……? 중력은 사실 우리한테
관심이 없었던 거구나. 나는 평생 뭔가가 나를
끌어당긴다고 생각했는데. 사실은 아무것도 나를
잡아당기지 않고 있었던 거구나. 나에게, 관심이 전혀
없었던 거였어." 언니는 슬퍼했다.

보영 언니의 시집을 읽으면서 궁금한 게 있었어. 언니의 시집에는 두 개의 극단이 공존하는 것 같아. 별이 반짝거리는 이유를 알고 놀랐는데, 팽창하는 힘과 끌어당기는 힘이 균형을 이룰 때 별은 폭발하지도, 소멸하지도 않고 반짝거리며 상태를 유지하게 된대. 한마디로 별은 계속 견디고 있는 거야. 엄청나게 참고 있는 셈이지. 오글거리지만 이 비유를 언니에게 주고 싶었어.

수양 타고 있는 거구나?

보영 어. 계속 타면서 견디고 있는 거야, 경계에서. 언니 시집이 그런 별 같았어. 어떤 시는 '시' 하면 머릿속에 떠오르는, 우리가 익히 아는 형태의 시인 반면, 그러니까 행갈이, 연 갈이가 되어 있고, 비유와 비약이 있는 시. 반대로 비유에 크게 의지하지도 않고 연 갈이나 행갈이도 별로 없는 산문 형태의 긴 시들도 있더라고. 그리고 이야기 시, SF 시, 희곡 시 등 장르를 규정하기 어려운 텍스트도 있고. 시 같은 시와 시 같지 않은 시, 시와 가까워지고 싶은 시와 시에서 멀어지려고 몸부림치는 시랄까. 고향이 서로 다른 시들이 한데 모여 있는 시집처럼 보였어.

수양 뭐 말하는지 알 것 같아. 그 시들은 처음에 블로그에 올렸기 때문이겠지.

보영 (웃음) 블로그 출신 시구나! 역시 기원이 블로그였어. 도대체

이 시들의 기원은 어디일지 궁금했어. 어떤 시들은 태어날 때는 시가 아니었을 것 같거든.

수양 (웃음) 시가 절대 아니었지.

보영 맞혔다! 그런 부분들이 너무 좋은 거지.

수양 그런데 그걸 싫어하는 사람도 있어. 네가 좋아해줘서 기쁘다.

보영 난 그게 이 시집의 개성이라고 생각했어.

수양 블로그에 쓴 글들은 글을 잘 쓰기 위한 연습용이었어. 본격적으로 글쓰기에 들어가기 전에 손도 풀고, 매일매일 뭘 썼다는 느낌이 있으면 글에 대한 확신을 가질 수 있을 것 같아서 일주일에 두세 번씩 썼어. 비공개가 대부분이었고. 그건 일기도 아니고 그냥 글을 쓴 거야. 그 카테고리가 아직도 남아 있어. 내 블로그에 '셔플링'이라는 카테고리가 있는데 그게 원래 '음주낙서모음'이었어. 혼자 술 마시고 거기에 떠오르는 대로 쓰는 거야. 그렇게 마구 썼던 것들을 나중에 다시 읽으면서 '내도 되겠다' 싶은 것은 고치고 다듬었어.

보영 그게 시가 된 거구나. 음주 낙서가 시가 된 거네! 나도 시를 쓸 때 어느 순간부터인가 시 파일과 시가 아닌 시 파일 두 개를 만들었어. 시 파일에는 '시'스러운 시를 저장하고, 시가 아닌 시 파일에는 아직 시는 아니지만 언젠가 시라고 불릴 수 있을지도 모를 글을 저장했지. 그리고 나중에는 후자에만 글이 모였어.

수양 그래서 아주 멀리 가는 거구나. 아직 시가 아닌 것들만이 시가 되는 것 같네. 처음부터 시인 건 없으니까. 모든 것들이 '다음에' 시가 되는 것 같다. 내 음주 메모는 맨정신에 고쳐야 하고…….

보영 (웃음) 그게 키포인트구나.

수양 내 시에 대해서 이렇게 말을 많이 해준 사람은 없었어.

보영 응. 언니만 괜찮다면 더 많이 떠들게. 「친구는 다치지 않으리」도 블로그 출신 아니야? 그리고 「같아요」는 원래 희곡 아니었어?

수양 맞아. 희곡이고 싶었어. 다원 예술 전시를 준비하는 과정에서 썼지.

보영 그랬구나. 다른 데서 출몰한 시들이 재미있었어. 얘는 어디서 왔을까, 상상하면서 읽었어. 언니가 이 시집의 순서를 정하면서 신경을 많이 썼다고 했잖아. 인터뷰에서도 그런 말을 했고. 내 개인적인 생각에 이 시집에서 시가 아닌 곳에서 온 시들은 역시나 맨 처음에 배치하지 않았더라고. 1부에 나오긴 하지만 살짝 뒤에 나오잖아. 왜 필살기를 이때 보여줬을까. 그런데 그게 너무 이해가 되는 거야. 초면인데 독자가 부담스러워할 수도 있으니까…….

수양 '필살기'라니. 꼭 내가 좋아하는 능력자 배틀물의 주인공이 된 것 같다. 나는 네가 그 시들을 재밌어해서 기뻐. 나 자신은 그 시가 탐탁스럽지 않아도 친구가 좋아해주면 아주 너그러워진다고……. 그러고 보니 넌 항상 혼종을 아껴주는 것 같다. 왜일까?

보영 알 수 없게 되어버린 것들이 좋아서.

소설을 만나고 온 시

수양 이상하게 소설 같은 시를 쓰면 가책이 든다?

보영 왜? 난 소설 같은 시가 좋은데.

수양 나도 그래. 읽을 땐 좋은데 정작 내가 쓸 땐 기분이 이상해. 대학생 때는 소설을 훨씬 많이 썼어. 그래서 소설이라고 널리 알려진 형식이 익숙한데, 오히려 시를 쓸 때는 나에게 익숙하지 않은 형식으로 해야 한다는 강박이 생긴 것 같아. 자꾸 이런 생각을 해. 시는 한번 쓰면, 그 시에는 유일한 내용이 들어가야 한다는 생각. 예를 들어 소설은 한 번 나온 사람이 다른 장에서도 나올 수도 있는데 시에서는 그러면 안 된다고 믿었어. 나중에 시리즈 시를 쓰면서 좀 바뀌었지만. 같은 프레임을 사용하는 시들 있지, 이어지는. 그런 걸 쓰면서는 조금 나아졌어. 처음에는 시가 굉장히 일시적인 무언가를 딱 포박하는 거라고 생각했어.

보영 포박?

수양 응. 일시적인 것을 발견해서 딱 붙잡는 그런 것.

보영 일시적인 것. 중요한 하나의 순간 같은 건가?

수양 응. 한 번만 존재하고 딱 끝나버리는, 그 짧은 무언가를 써내는 게 시라고 생각했어.

보영 그런데 언니 시집의 소설 같은 시들이나, SF 시들은 또 그렇지 않은걸. 그런 시들을 아직 받아들이지 않은 거야?

수양 그걸 시라고 생각해서 시로 내는 건 아니야. 내가 좋아하고 어디에 내고 싶은데 내가 시를 발표하고 있으니깐 거기다 내는 거지. 그래서 소설 같은 시를 썼을 때, 이거 소설이구만, 하고 생각해. 이걸 내버리는구나, 아주 양심 없이. 이렇게 생각해. 처음엔 좀 심했어. 지금은 그런 강박이 좀 무너졌지.

보영 소설 같은 시를 쓰려고 의도한 게 아니구나? 엄밀히 말하면, 소설을 쓰고 있었는데 주어진 지면이 시를 발표하는 지면이라서 그곳에 그 글을 발표한 거네. 그런데 시 지면이다 보니 양심상 어느 정도 시의 탈을 쓰게 된 거고. 그래서 그 글이 약간은 소설 같기도 하고 시 같기도 한 거네. 무슨 지면이건 간에 그냥 내가 쓰고 있는 글을 장르 상관없이 발표하는 거, 난 좋은데? 언니가 소설을 쓰지 않았더라면 자책이 덜했을 것 같아. 오히려 소설처럼 쓰면 안 된다는 강박이 소설 같은 시를 탄생시킨 건 아닐까.

수양 시 같은 시를 쓰려다 써버린 소설 같은 시야. 그렇게 말하니 정말로 나는 시를 쓰고 있네. 소설이 아니니까 시 같은 무엇이 아니고 소설 같은 무엇이 될 수 있는 거군. 그리고, 그리고 횡설수설이군.

보영 언니가 소설을 썼기 때문에 소설 같은 시를 썼다면, 내 경우엔 소설을 주로 쓰는 사람이 아니기 때문에 소설 같은 시를 쓰게 된 것 같아. 소설은 내게 매번 낯선 장르로 느껴지거든.

수양 그렇군.

보영 내가 소설가가 아니다 보니 소설 같은 시를 쓸 때 가책이 없고, 매번 새로운 걸 시도하는 기분이 들었어. 나는 시를 읽는 것보다 소설 읽는 걸 더 좋아하고, 소설 쓰는 것보다는 시 쓰기를 더 좋아해. 좋아하는 장르랑 본업의 장르가 불일치하는 거지. 매일 읽는 게 소설이니까, 자연스럽게 소설가들이 할 법한 고민을 하면서 시를 쓰게 되고, 그 과정이 굉장히 즐겁달까.

수양 자연스러워…… 자연스러운데? 그건 문제가 없네. 이상하게 나한테는 그 부분이 딜레마야. 소설하고 시의 경계가 무너진다고 하잖아. 근데 내 머릿속에서 절대 무너지게 두면 안 되거든. 소설 같은 시라고 불리는 그걸, 어떻게든 만져서 그냥 눈으로 봤을 때 소설처럼은 안 느껴지게 하면 마음이 좀 편해져. 내 머릿속에서 소설은 소설의 형태가 있어. 모두가 아는, 소설이라고 하면 떠올리는 바로 그 방식이야. 그러니까 나는 전형적인 소설 형식을 머리에 저장하고 있어. 줄글이 빼곡하게 늘어서 있고 서사 전달에 충실하고, 사건 중심으로 캐릭터를 드러내는 그것.

보영 오!

수양 그런데 시는 달라. 시를 쓸 때 내가 생각하는 어떤 완성된 비주얼이 없어. 그래서 소설과 시의 비주얼은 다르다고 생각하게 되는 거야. 소설은 내가 뭔지 아니까. 그래서, 조금 달라야 한다고 생각했는데. 하루가 지나면 또 붙어버리려고 하는 거야.

보영 소설과 시가 일차적으로는 비주얼이 달랐으면 좋겠다는 거야? 언니 입장에서는 소설도 쓰고 시도 쓰는데, 시도 소설 같아버리면 똑같은 걸 두 개나 하는 꼴이 되니까 그게 싫은 건가? 재미있다. 그 둘을 분리해야 한다는 의식이 강하다는 게.

수양 응. 편하다고 비슷해져버리면…… 이렇게 갈등하는 것 같아.

보영 소설 같은 시를 쓰고 싶은 거지, 소설을 시라고 우기고 싶은 건 아니니까. 한편으로 소설 같은 시는 소설이 아닌 부분이 있기 때문에 소설 같다는 거잖아? 다 쓰고 나니까 시도 아니고 소설도 아닌 글. 일기는 더욱 아니고, 평론도 아니고, 에세이도 아닌. 그때 희열을 느껴. 이 글은 뭣도 아니다!

수양 희열……!

보영 그럼, 아까 언니가 말했던 소설과 시의 차이, 그러니까 시의 비주얼이 뭔지 얘기해줄 수 있을까?

수양 놀랍지 않을 텐데, 나한테 시는 소설보다 짧고 행갈이가 되어 있는 글이야. 아마 이건 아주 전통적인 거겠지. 시조나 하이쿠처럼 형식이 있는 것. 운율. 그렇다고 해서 일부러 운율이 느껴지게 하려고 시를 조작하게 되면 되게 나빠지는데, 난 그걸 해봤어. 아니 미련하게 그걸 계속했다고 할까. 내 눈에 소설처럼 쓰인 문장들을 어떻게 해서든 시처럼 보이게 바꾸려고 억지로 행을 나누고 갈아치운 적이 있어.

보영 아, 그건 뭐랄까, 굳어버린 시멘트로 조각을 만들려는 것과 같지. 그럼, 행갈이도 시의 비주얼에 해당할까?

수양 난 지금은 아니라고 말하고 싶어. 시의 정해진 규칙들이 희미해진 건 오래됐으니까. 하지만 솔직하게 말한다면 맞아. 소설을 쓸 때는 그런 식으로 행을 나누지 않아. 둘 다 읽거나 둘 다 쓰는 사람이라면 누구나 소설과 시, 두 개의 다른 얼굴을 마음속에 가지고 있을걸. 사람마다 취향에 따라 다르겠지. 어쨌든 똑같진 않아. 그렇다고 해서, 그 문장의 행갈이를 또 번잡스럽게 해서, 뭔가 좀 다르게 느껴지게, 소설이라고 생각 안 들게 억지로 고쳐본다고 해서 바꿀 수 있는 건 아니더라.

보영 맞아.

수양 한 단어를 다른 기호랄지 안 쓰는 다른 말로 바꿔서, 내가 표현하려고 하는 것을 은유적으로 동그랗게 만들어본 적도 있어. 단어라는 신뢰만 남게, 그렇게 빈 공간을 만들면 조금 더 시가 되지 않을까 해서. 하지만 그렇게 생긴 시들은 처음부터 그렇게 타고난 거였고 내가 쓴 소설을 그렇게 바꿀 수는 없었어. 방금 말한 방식으로 수정한 것들은 하나도 발표하지 못했어. 망해서.

보영 언니 말대로, 일기를 쓰고 나서 그걸 시로 바꾼다거나 소설을 쓰고 나서 그걸 시로 바꾸는 건 쉬운 일은 아니지. 일기를 에세이로 바꾸는 것도 잘 안 되지 않아? 이건 또 다른 얘기인데 일기를 에세이로 바꾸는 건 일기를 시나 소설로 바꾸는 것만큼 어렵지는 않지만, 대신 그 과정에서 종종 '글의 사회화'가 일어나. 에세이 청탁이 있을 때, 이따금 예전에 블로그에 썼던 일기를 뒤질 때가 있어. 그러다가 재미있는 글을 발견해서 에세이로 다듬어. 그때 내가 일기한테 몹쓸 짓을 하고 있다는 생각이 들어. 내가 이 친구를 학교에 입학시키려고 하는구나! 홈스쿨링을 좋아하는 아이인데! 이런 생각이 든달까.

수양 마치 이불 속에 들어가 있던 나를 깨워서 샤워를 하고 외투를 입히는 과정 같구만. 하는 동안 즐거우면 진짜 불가능은 없는 것 같아. 그 고민이 어느 순간 괴롭지 않고 재밌어지기 시작한다면 뜬금없이 결과물이 만족스럽지…….

보영 맞아. 소설 같은 시는 소설에서 시작해서 시가 된 게 아니라
처음부터 시였고 끝날 때도 시인데 그 과정 속에서 소설을
잠시 만났다가 헤어지는 시인 것 같아.

문예지에 발표한 시는 왜 구린가

장수양의 일기

요즘 전시를 많이 보러 다니고 있다. 그림전이나
사진전이다. 나는 돌아다니기를 좋아하지 않는다. 하지만
집과 카페만 오가다 보면 권태롭고, 글쓰기에 감흥이
떨어지는 것 같아서 이런 취미를 만들었다.

규모 있는 전시는 서너 개의 구역으로 작품들을 나눈다.
나는 우선 첫 번째 구역에 들어간다. 거기서 마주치는
그림들이나 사진들은 정신이 아득해질 만큼 멋지다.
그로부터 무엇을 느껴야 하는지 알고 싶다. 엄청난 기운을
내뿜는 거대한 그림이라든지, 인상적으로 배치한 사진이
내 앞에 나타나자 머리가 하얗게 된다. 중요한 것을
놓치고 있지 않은지 고민하고 작품 그 자체를 편안하게
감상할 수 있기까지 첫 구역에서 오랜 시간을 소모한다.
나는 비틀거리며 두 번째, 세 번째 구역으로 간다. 가장
유명하고, 이번 전시의 메인이라 할 수 있는 작품들이
거기에 있다. 이미 기력을 다 소모한 나는 천벌을 받은
신도처럼 팔을 늘어뜨리고 그것들을 계속 본다. 전시의
중간쯤 마련되어 있는, 작업 과정을 담은 자료 앞에

앉지도 못한다. 그런 것을 볼 여력은 없다. 마지막 구역은 지금까지 보여준 특징들이 두드러지지 않거나, 약간 색다른 작품들이 모여 있다. 완전히 맛이 가버린 나는 굿즈 숍에서 되는대로 사버리고, 녹초가 되어 밖으로 나온다. 근처 카페로 가서 차가운 커피를 입에 쏟아부을 때까지 난 바닥에 질질 끌리는 담요 같다.

뭐라도 느끼고 싶어서 전시에 간다. 어디서든 글쓰기에 영향을 줄 만한 감흥을 얻고 싶어서. 전시에서 본 것들은 나를 압도하거나 조금 황홀한 기분에 휩싸이게 한다. 그다지 부담이 되지 않는 작고 간소한 전시들도 나는 필요 이상으로 어렵게 생각한다. 뭔가에 묶여서 버둥거리는 것처럼, 전시를 예매하고 미술관에 들어갈 때마다 똑같이 허둥거린다. 다른 사람의 작품에서 원하는 것을 발견하려 한다. 그리고 되돌아온다. 흰색 화면의 깜빡거리는 커서 앞에 앉아서 전과 달라진 것 하나 없이 똑같은 무력감을 느낀다. 나는 글쓰기를 아주 많이 사랑하지만, 글쓰기는 나를 구차하게, 엉망으로, 별짓 다하게 만들며, 지름길은 알려주지 않는다.

보영 현타가 와서 좀 울었어.

수양 울었어?

보영 응. 마감이 많았거든. 그런데 다 망쳤어. 기억에서 지우고 싶어. 그런데 원고를 보내면서 이런 생각이 들더라. '이제 망함이 완료되었다.'

수양 울고 나니까 후련했어?

보영 응. 기분이 좋았어.

수양 다행이다. 마감 때는 왜 망한 기분이 드나 몰라. 잘하고 싶은데 정신 들면 그냥 망한 것 같아. 매번 그랬어. 그런데 그때 낸 거 지금 읽어보잖아? 그렇게 나쁘지 않아.

보영 그런 희망이……!

수양 희망적이면서도 희망적이지가 않은 게. 왜 그게 좋아 보이는가, 지금 내가 쓰는 것들이 더 못나 보이거든.

보영 왜 그러는 걸까?

수양 항상 마음대로 술술 써지지 않아서일까? 어쩌다 한번 그런 날도 있지만, 어김없이 막히고 부딪히고. 옛날에는 닥쳐서 이런 거라도 썼네, 지금은 왜 아예 못 쓰고 있지, 이런 감정에 휩싸여.

보영 닥쳐서 쓴 시가 돌아보면 썩 나쁘지 않았다는 거네.

수양 응.

보영 망했다고 생각하면서 발표한 시는 왜 생각보다 괜찮은가!

수양 왜 그런 기분이 드는 걸까. 과거에 썼던 글이 그리워서?

보영 발표되는 순간의 수치심에 가려서 (괜찮은 점이) 안 보이는 것
일 수도? 근데 문예지에 발표하는 순간 내 시가 구려 보이는
건 확실해.

수양 맞아. 수치심에 불타.

보영 그리고 문예지가 집에 도착했을 때 두 배 더 구려 보여…….
그런데 문예지에 발표한 시를 누가 좋다고 하면 갑자기 괜찮
게 느껴지기도 하지 않아? 그렇게 되면 안주할까 봐 안 들으
려고 해.

수양 맞아. 내면서는 창피해하던 시들도 누가 조금이라도 좋다고
해주면 그때 갑자기 내 문장 뒤로 후광이 비치면서, "어라?"
하고 괜찮게 느껴지고.

보영 (웃음)

수양 (웃음)

보영 나는 그냥 낸 건데, 누가 좋다고 얘기를 해주면 "이런 걸로 조금 더 써도 되겠다" 이런 허락을 받은 기분이랄까. 사실 방금은 안주하게 되어서 싫다고 했지만, 한번은 발표한 시가 반응이 나쁘지 않아서 비슷한 연작시를 쓰게 된 적도 있어. 하지만 어제는 울었지.

수양 소나기 같은 울음이었네. 내가 투고 때문에 쪽팔려서 몸부림을 치는 거랑 비슷하려나.

보영 어떤 투고?

수양 생각나면 여기저기 투고하거든.

보영 두 번째 시집?

수양 꼭 그런 건 아니야. 내가 저번에 말했다시피, 나중에는 글을 낼 수 없을 가능성이 있다고 생각하거든. 난 그 일로 살고 있지 않으니까. 시간이 흐를수록 글에서 멀어지고, 못 하게 될 가능성도 있잖아. 지난해에는 게을러서 안 했지만……. 어제, 예전에 냈던 응모작들을 오랜만에 다시 읽어봤다? 너무 창피한 거야. 소름 끼치고. 진짜 소름 끼쳤어. 내가 지금까지 투고했던 많은 것들을 누군가는 읽었을 거 아니야. 그 사람들이 그걸 기억하고 있다면…… 그 사람들 기억 다, 막 뛰어가서 지우고 싶었어.

보영 오블리비아테. 기억 없애는 주문.

수양 맞아, 그거! 그 마법 같은 거 써서 그 사람들 기억 다 지우고 싶어. 그 마음이야.

보영 음. 그래도 투고하는 거 대단한데?

수양 미래는 모르잖아. 내가 어떻게 될지 나도 모르고. 시를 좋아 하지만 시를 쓰지 않고 살게 될 수도 있겠지? 재밌는 책을 양 껏 읽으면서. 그때는 지금 쓴 것들이 어떻게 느껴질까.

너무 근사하지 않은 우리들의 루틴

초인종 상담

(초인종 상담은 독자분들이 보내주신 글쓰기에 관한 질문에 장수양과 문보영이 대답하는 상담지다.)

> '안녕하세요. 글을 꾸준히 쓰고 싶은데 잘 안 돼요. 작가님은 글쓰기 전 워밍업이 있는지 궁금해요.' (새우걸님의 질문)

보영 많이 나온 질문이야. 글이 안 써질 때 어떻게 하는지, 글쓰기 루틴은 어떻게 되는지, 쓰기 전에 어떤 동작(?)을 하는지. 언니는 어때?

수양 메모야. 버스를 탈 때 자주 해. 차창 밖을 보면서 메모해.

보영 버스에서 메모를 해?

수양 응. 맨 앞에 앉아서. 정면이랑 측면으로 창문이 크게 보이는 좌석. 그리고 보니 요새 글을 잘 못 쓰는 이유가 서울에서는 오랫동안 버스를 탈 기회가 많이 없어서인 것 같다. 안산에서는 버스를 한 시간쯤 타는 게 일상이어서 천천히 메모를 하고, 나중에 정리하면 시가 되었는데.

보영 그럼 언니는 버스에서 시를 많이 쓰겠네.

수양 응. 그렇게 메모해서 쓰게 된 것들은 다 내가 좋아하는 시들이야.

보영 버스 타기가 일종의 산책이자 초고 작성하기구나? 그럼 산책을 하면서 글을 써볼까?

수양 산책하는 루틴 진짜 좋지. 야외에선 내가 관여하지 않은 해프닝이 일어나니까. 나도 좀 걸어볼까 봐. 이제는 버스가 아니라 다른 걸 좀 타야 하나……. 너는 어땠어?

보영 산책도 좋겠지. 내 경우에는 글이 술술 잘 나왔던 때를 생각해보면 도서관에서 여러 권의 책을 한꺼번에 읽었을 때였어. 요즘엔 개인 작업실에서 작업을 하는데 오히려 작업이 안 되더라고.

수양 아무것도 없이 시작하긴 힘들어.

보영 나는 도서관에서 분야가 다른 책을 넘나들면서 수박 겉핥기 식으로 읽거든. 예전에 이런 일이 있었어. 초등학생 때 허세로 도서관을 들락거렸어. 정말 책을 싫어했거든? 하지만 책을 잘 읽는 애처럼 보이고 싶었어. 학부모들이 돌아가면서 도서관을 지킬 때였는데, 그중 우리 엄마랑도 아는 한 분이 내가 책을 안 읽는다는 걸 간파한 거야. 그분이 엄마한테 이렇게 얘기했어. "보영이가 책을 수박 겉핥기식으로 읽는다, 읽지도 않고 반납한다." 어떻게 알았을까.

수양 읽지 못할 양이라고 생각했나?

보영 글쎄, 읽는 척은 잘했는데.

수양 사실 책날개만 봐도 재미있잖아.

보영 응. 그냥 책을 고르는 게 재밌었어.

수양 (웃음) 맞아! 책 고르는 게 제일 설레. 그러고는 심사숙고해서 고른 책을 침대 밑에다 내던지지…….

보영 그리고 작가가 되어서도 여전히 책을 수박 겉핥기로 읽고, 안 읽을 거면서 책을 고르고 있습니다.

수양 이 정도면 수박 속까지 다 먹은 걸로 인정해야 한다.

보영 그런데 요즘 도서관에 가지 않으니까 시가 잘 안 써져. 난 내가 내부에 있는 걸로 뭔가를 만들어내는 사람이라고 생각했어. 그래서 시를 쓰기 위해서 경험이 중요하다는 말을 별로 신뢰하지 않았거든. 어떤 외부적인 자극에 의존하지 않아도 된다고 생각했던 거야. 그런데 도서관을 벗어나 보니, 사실 난 도서관이라는 이미지와 자극을 활용했던 거더라고. 도서관을 관찰하고, 도서관에 있는 사람들을 보면서 뭔가를 썼다는 걸 알게 되었어. 매일 조금씩 바뀌는 공간에 있는 게 중요한데 그런 공간이 내게는 도서관이고 언니에게는 버스인 거지. 난 버스에서 아무 생각을 안 하거든. 진짜 아무 생각도 안 해.

수양 도서관에서는 수박을 핥고, 버스에서는 창문을 핥고…….

보영 (웃음) 풍경을 보고 뭔가를 쓰는 거야?

수양 졸다가 풍경에 부딪히긴 하는 것 같아. 버스 타기 직전까지 친구랑 같이 있으면서 대화하잖아? 그러다 버스를 타면 순간 내가 너무 조용하게 느껴져. 그때 다른 사람들이, 〈트루먼 쇼〉처럼 가상의 관객들이 날 보면서 저 인간 갑자기 조용해졌네, 라고 생각할 것만 같아. 그런 때 난 뭐라도 말을 해야 할 것 같더라고.

보영 하하. 너무 귀엽다.

수양 요즘에는 어디서 시 쓸 재료를 얻어?

보영 난 요즘 길에서 500원을 많이 주워.

수양 뜻밖의 500원……!

보영 진짜 500원은 아니고, 길에서 뭔가를 보고 메모를 하게 되면 그게 내게는 500원이야. 하루에 시 한 편을 쓰는 건 어렵잖아? 근데 또 시를 안 쓰면 밥벌이를 안 한다는 느낌이 들어. 그래서 차라리 500원이라도 줍자고 다짐했어. 산책하면서 뭔가를 봐도 그냥 지나쳤는데 요즘엔 사진으로 찍어두거나 짤막하게 언어로 표현해둬. 그게 시의 일부가 되거나 단서가 되기도 해. 어제는 새벽 2시에 산책을 했는데, 누가 뒤에서 쫓아오는 거야. 뒤돌아보니까 기둥에 묶인 공연 홍보 현수막이었어. 오늘도 500원을 주웠군, 하면서 사진으로 찍었어.

수양 널 쫓아오던 현수막, 그런 게 시구나. 어떻게든 너한테 오고 있는, 알고 보면 귀여운 존재. 나는 5만 원이라고 하고 싶어. (오만 가지 문보영이니까……) 오랜 산책을 하다 보면 진짜로 돈을 주워버릴지도 몰라.

보영 그럼 바닥에게 감사하지.

딴 데 보기

초인종 상담

> '내 이야기를 하면 인간으로서의 내 부족함이 드러나는 것이 두려운데 어떻게 해야 좋을까요?' (점심을 못 먹은 사람님의 질문)

수양 비슷한 기분을 많이 느껴서 이 질문을 골라봤어.

보영 응. 시를 통해 내 이야기를 하는 것과 에세이나 일기를 통해 내 이야기를 하는 게 좀 다른 것 같지 않아? 별로인 시를 썼을 때 드러나는 건 내가 시를 못 쓴다는 사실이지, 내가 부족한 사람이라는 게 드러나는 것 같진 않거든. 그런데 에세이를 잘 못 쓰면 내가 부족하고 못난 사람인 게 드러나는 것 같아.

수양 맞아. 에세이가 더 벗고 있는 기분이겠어. 정말 잘 처리하지 않으면…… 부담스러워져. 친하지 않은 사람한테 갑자기 내 얘기를 하는 거니까. 난 처음 만난 사람들에게 할 이야기를 많이 가지고 있지 않아. 사유가 풍부하지도 않고, 평소에는 그저 멍하지(이래서 메모를 생활화해야 해). 근사한 에세이를 쓰면 괜찮은 삶을 살고 있는 기분이 들 거야.

보영 에세이를 쓰는 게 아니라 처리한다고 말하는 거 왠지 재밌다. 하지만 언니의 블로그 일기는 정말 재미있는데! 자기 이야기를 하는 게 부담스러우면 안 쓰는 것도 한 방법일 거야. 내 이야기를 해야만 글을 쓸 수 있는 것도 아니고 내 이야기가 아닌 이야기를 할 때에도 어차피 나는 드러나기 마련이니까. 최근에 엠마뉘엘 카레르가 쓴 필립 K. 딕의 평전을 읽었어. 그런데 엠마뉘엘 카레르의 자서전을 읽은 건지, 필립 K. 딕의 평전을 읽은 건지 헷갈려. 카레르는 온통 필립 K. 딕에 관해 얘기해. 하지만 그 이야기를 하는 카레르가 너무 잘 보이는 거야. 남의 자서전을 썼는데 본인의 일기를 쓴 것 같달까. 엠마뉘엘 카레르의 글이 재미있는 이유는 그가 필립 K. 딕에 관해 얘기를 하다가 중간중간 자기 얘기를 흘리고, 그걸 그대로 두기 때문일 거야. 그래서 '점심을 못 먹은 사람'님에게 자기 이야기는 묵혀두고 관심 있는 사물이나 사건에 대해 얘기를 하면서 딴 데를 보는 방법을 추천하고 싶어.

수양 딴 데를 본다. 이 말 귀엽다. 갑자기 이런 생각이 나. 가족 얘기는 너무 흔한 얘기여서. 이제 가족 얘기라는 게 가끔은 하기 싫잖아. 아닌 사람도 많지만. 가족에 대한 얘기를 나는 다루기 싫었어. 과거에 내가 들은 한국의 가족 얘기들 대부분이 '매일 무례한 사람들 이야기'여서, 맡기 싫은 냄새가 나. 그래서 그 얘기를 안 하고 싶었는데. 내가 블로그를 새로 파서 비공개로 그동안 내가 듣고 보았던 것들을 다 적었어. 왜 하기 싫었고 뭐가 나랑 맞지 않았는지. 왜 재미가 없었는지. 그런데 좋은 경험이었어. 어떤 얘기를 안 하고 싶은 이유도 나한테 중대할 수 있더라고. 조금 가벼워졌어.

보영 아, 정말 잘했네. 자기 이야기를 하면서 푸는 것도 있잖아. 나만 보는 글도 필요하니까.

수양 그치. 어디 드러나는 것이 두려우면 일단 아무도 볼 수 없는 곳에 그걸 써보고, 나중에 한두 문장 정도 슬쩍 드러낼 수 있을 것 같아. 아예 안 보여줘도 되고. 안 보여주면 오히려 그 이야기는 감춰진 시작이 되어서 좋아. 보여주는 건 일부잖아.

보영 다른 이야기에 의탁해 글을 쓰면서 자연스럽게 나를 드러내는 방법.

수양 그리고 혼자 쓰고 간직하기. 같이 보고 싶어질 때까지.

하나씩 없애보는 건 재밌어

초인종 상담

'접속사를 전혀 쓰고 싶지 않은데 어떻게 해야 할까요?'
(마법 대학 강사님의 질문)

수양 이거 내가 매일 고민하는 거야.

보영 아 정말? 난 저 고민은 해본 적이 없는데.

수양 그렇군. 나는 원고 쓰는 아르바이트를 많이 했었는데, 홍보성 글을 쓸 때는 접속사가 꼭 있어야 하더라고. 겹치면 안 되니까 앞에서 '그러나'를 쓰면 다음 문장에서는 안 써야 하고 그런 규칙이 있어.

보영 응. 상업용 글을 쓸 때 접속사를 없애긴 힘들겠지. 상품을 홍보하는 글쓰기 아르바이트를 했다고 했었지?

수양 맞아. 보통은 제품 상세 페이지에 들어가는 글이야. 그리고 작성자의 이름을 밝히지 않는 홈페이지 칼럼. 거기서는 접속사가 필요했어. 상업용 글이 아니라면, 뺄 수 있으면 빼는 편이 좋아. 어떻게 읽어야 하는지 지시해주니까 거슬리거든. 그 일을 할 때는 다른 글을 쓸 때도 접속사가 자꾸 튀어나왔

지. 요즘도 접속사를 너무 많이 써. 심지어 지금도 계속 쓰고
있어……!

보영 우리가 방금 한 말에서 접속사를 모두 빼서 원고를 작성해도
재밌겠다.

수양 우리가 한 말에서 '같아'와 접속사를 다 빼면 뭐가 남을 것
인가.

보영 그런데 마법 대학 강사님은 왜 접속사를 '전혀' 쓰고 싶지 않
은 거지? 언니가 말한 이유와 비슷한 이유인가. 근데 시에서
특히나 접속사는 잘 써야 하는 것 같아. 자칫 설명한다는 인
상을 줄 수 있으니까. 내 글이 말이 된다는 사실을 독자에게
주지하는 것 같거든.

수양 인과가 생기기도 하고.

보영 그래서 접속사를 쓸 때 신경이 쓰여. 그런데 접속사를 비틀
어서 사용하면 재미있지 않아? 예를 들어, a와 b 사이에 '그
러므로'라는 접속사를 쓸 때, 사실 a와 b가 무관한 거지. 이
둘이 인과가 없는데 인과가 있는 것처럼 만들거나 혹은 일반
적인 인과를 깨버리는 거야. "난 사과를 먹었다. 그러므로 네
가 초록색 인간이 되었다." 이런 식으로.

수양 네 시에서 많이 본 것 같은데?

보영 응. 남발하지요.

수양 '때문입니다'도 많이 쓰지. 그런데 그게 진짜 '때문'이 아니어서 재밌어. 난 네가 쓴 것 중에 그렇게 생긴 문장들을 진짜 좋아해.

보영 응. 나는 이 재미를 자주 느껴서 이제 자제하려고 해.

수양 다들 신경 쓰는 게 있군.

보영 내 생각에 마법 대학 강사님의 고민은 사후적으로 해결할 수 있는 것 같아. 글을 다 써놓고 접속사를 다 빼는 거야. 그러면 강사님만의 독특한 게 나올 수도? 예전에 블로그 친구 중에 재미있는 친구가 있었어. 그 친구의 일기가 정말 좋았거든? 그 친구는 일기를 쓸 때 조사를 안 썼어.

수양 조사?

보영 '나는'에서 '는', '공을 차다'에서 '을' 같은 거. 예를 들어서 "나는 오늘 마음이 아프다. 나는 오늘 쓰레기를 주웠다." 대신 "나 마음 아팠다. 나 오늘 쓰레기 주웠다." 이렇게 쓰는 거야. 그래서 마법 대학 강사님이 접속사는 아예 안 쓰고 열 편의 글을 써보면 뭔가 재미있는 게 나오지 않을까 싶어.

수양 나 그런 식의 글 읽어본 적 있어. 그렇게 써본 적도 있고. 통명스러운데 깔끔해서 묘하게 애정이 가고 더 읽고 싶어져. 그냥 내 취향인가? 한 일주일 정도 조사도 접속사도 줄이면 오히려 꼭 말하고 싶은 것만 남을지도 몰라.

보영 접속사를 다 빼버리면 문장이 부실해질 텐데, 그 야윈 문장이 왠지 사랑스러울 것 같아. 뭔가 하나씩 없애보는 건 늘 재밌어. 또 무얼 없애볼까……. 주어를 없애는 것도 좋을 거야. 어떤 시인이 생각나네. 새 시집을 냈는데 뭔가 변한 거야. 가만히 보니 주어가 사라졌더라. 주어는 문장의 주인이잖아. 그런데 주인이 사라지니까 집이 빈 거지. 그래서 그 시인의 시집을 읽으면 주인 없는 텅 빈 집을 읽는 느낌이 들었어. 문장의 주인이 사라져서 아무것도 강요하지 않는 문장이 되는 거야.

수양 도둑처럼 읽어야 하는 문장이네. 주인이 비워둔 문장…….

보영 (웃음) 도둑처럼 읽는다니 진짜 웃기네.

수양 나는 강조하는 말도 진짜 많이 써.

보영 뭔데?

수양 '아주' 그리고 '아주아주'도 정말 많이 써. 그리고 '아무것도' 랑 '아무도'를 진짜 많이 써. 특히 '아무것도'는 중요한 순간에 써. 그래서 이걸 안 쓰고 싶은데 대체가 안 돼. 빼면 원하는 느낌이 안 나.

보영 그래! 황유원 시인의『세상의 모든 최대화』랑 이수명 시인의
『언제나 너무 많은 비들』이 생각난다. 이 제목에서 '모든'과
'너무'를 빼면 느낌이 다르지. '세상의 최대화' '언제나 많은
비들'.

수양 쓰고 싶은데 자주 못 쓰는 것들도 있어. '얼마든지' 같은 것.
좋아하는 소재들도. 넌 머릿속에서 여러 번 굴려는 봤는데
잘 안 나오는 말 있어?

보영 딱히 없네. 아, 있다. 자연물. 도통 시에 자연물을 쓰게 되질
않아.

수양 진짜 그러네. 잘 안 나오는 좋아하는 말들만 가득 채워서
시라고 부르고 싶다. 문법이나 맥락이나 아무것도 상관없
이…… 나는 또 아무것도를 써버렸군.

60대가 되기 전에 못 견디고
신이 되고 말 것 같아

초인종 상담

> '60대에 시인이 되기를 꿈꾸는 사람입니다. 20대인 저는 지금
> 무엇을 해야 할까요?' (김익명님의 질문)

보영 처음에 읽었을 땐 지금 60대인데 시인을 꿈꾼다는 얘기인 줄
알았어. 근데 그게 아니라 20대인데 지금 당장은 시인이 될
생각은 없으신 것 같고 40년 뒤에 시인이 되고 싶은 거지.

수양 왜 그 기간 동안 시인이 되기를 미루시는 건지 궁금하다.

보영 그러니까. 연락을 할 수 있으면 여쭤보고 싶네.

수양 60대가 되기 전에 못 견디고 시인이 되고 말 것 같아(녹음 앱
은 이 문장을 다음과 같이 기록했다. '60대가 되기 전에 못 견디고
신이 되고 말 것 같아').

보영 어떡하지. 근데 (지금은) 안 되고 싶을 수도 있잖아. 60대에
되고 싶은 걸 수도?

수양 먼 미래를 통제해야 하는 거네. 60대에 시인이 되고 싶다는
건 그때까지의 인생 계획이 있으신 거겠지.

보영 60대에 시인이 되고 싶다라……

수양 하지만…… 그래도…… 못 참고 되어버릴 것 같아. 언젠가 시인이 될 거라고 생각한 시점부터 이미 완성되어 있는 것이 아닌가.

보영 그것도 재미있네. 〈천국의 아이들〉 생각난다. 뭔지 알아?

수양 몰라.

보영 이란 영화야. 어느 날 알리는 여동생의 신발을 잃어버려. 하나밖에 없는데! 알리는 오후반이고 동생은 오전반이어서 운동화 한 켤레를 번갈아 신고 학교에 가. 근데 마침 어린이 마라톤이 열리는데 3등 상품이 신발이야. 알리는 마라톤 대회에 나가. 3등을 하려고. 그런데 1등을 해버려. 그래서 울어.

수양 너무 잘해버렸네. 듣고 보니 지금 당장 시인이 되지 않는 것 또한 어려운 일이겠군.

보영 내일모레 시인이 되면 어떻게 해야 해?

수양 지금 시인이 되어서 60대까지 쓴다면 그것도 플랜 달성 아닐까?

보영 그것도 한 방법인데 지금이 아니라 60대에 시인이 되고 싶은 게 질문의 의도라면? 어떻게 하면 시인이 되지 않을 수 있을까? 40년 동안 시를 안 쓸 수 있을까?

수양 60대에 시인이 되고 싶다는 의미는 삶을 정리하는 업을 시인으로서의 자신에게 맡긴다는 걸까? 아니지, 삶은 60대부터야. 60대부터의 새 시작을 위해…… 70세에 시인이 되는 것보다는 10년이나 빠르지.

보영 그럴 수도 있을 것 같아.

수양 난 내 수명이 70세 정도라고 생각을 해서, 만약에 정리하는 거라면……. 예전에 말한 적 있잖아. 나는 묘비명에 적힐 만한 글귀가 시인 줄 알았다고. 이 분은 내가 아니지만, 비슷하게 시를 쓰면서 마음이 잘 정돈되어버릴까 걱정이야. 엉망이 되는 편이 더 좋을 수도 있는데.

보영 (웃음) 어떻게 잘 엉망일 수 있을까.

수양 너 같은 시인이면 즐거운 엉망이지.

보영 (웃음) 김익명님의 질문을 보니 떠오르는 일화가 있어. 초등학생 때 내 꿈은 화가가 되는 거였어. 그런데 뭘 어떻게 해야 하는지 모르겠는 거야. 아는 화가도 없고. 그러다 입시 미술 학원 원장 선생님을 찾아가게 되었어. 선생님 입장에선 웬 초등학생이 와서 상담을 받고 싶다고 한 거지. 그런데 그분은 진지하게 내 말을 들어줬어. 원장 선생님은 내게 지금 그림을 그리지 않아도 된다고 말했어. 그리고 이렇게 말하더라. '네가 지금 해야 하는 건 이야기를 많이 만들어놓는 거다'라고. 책을 많이 읽고 이야기를 많이 만들어놔라. 그림 그리는 건 나중에 할 수 있는데 이야기는 아니라고. 그래서 난 도서관에 가서 책을 읽는 척을 했지……. 그래서 질문자님이 시인이 되려고 한다고 해서 시를 쓰는 게 중요한 게 아닐 수도 있겠다는 생각이 들어. 이야기를 많이 만들어놓으면 되겠지?

수양 그러네. 시가 될 만한 이야기를 만들어야겠다.

보영 응. 맞아.

수양 시가 되기 전의 무언가라. 50대까지 모아보는 건가. 굉장하다.

보영 하지만 어떤 이야기가 있다고 해서 어느 날 시가 뚝딱 써지는 건가, 라는 생각이 들기도 해. 경험으로 쓰이는 시가 있지만 언어를 가지고 노는 시도 있잖아. 시는 스스로의 언어를 만드는 일이기도 하니까 매일 단어들이랑 뒹굴어야 하는 것 같거든. 이렇게 말하고 보니 잘 모르겠는데? 40년 동안 뭘 해야 할까.

수양 40년 동안 살아 있어야 하지.

보영 건강해야지……. 나중에 시인이 되어야겠다는 생각을 품고 사는 생각이 건강에 좋을 것 같기도 해.

수양 그러게. 재밌을 것 같아. 지금 예를 들어 이분이 "60대에는 시인이 되려고요." 이렇게 말을 하는 카페 사장이라고 하면 그것만으로도 되게 재밌다. 마음 한편에 시인 할머니나 시인 할아버지가 된 미래를 품고 살아가는.

보영 그럼 뭔가 나이 드는 게 덜 두려울 것 같다.

수양 나도!

보영 나도 60대에 시인이 된다고 생각을 해야겠다.

수양 나는 40대인 내가 잘 그려지지 않았거든. 30대까지는 그려졌는데. 지금과 별로 다르지 않을 거라고도 생각했고. 40대, 50대부터는 상상이 안 되더라고. 내가 어떻게 될지. 그런데 이번에 내가 도서관에서 수업했을 때 오신 분들이 40~50대 분들인 거야. 이분들이 SF 얘기도 하시고, 쓰는 글도 엄청 재미있는 거 있지. 그분들을 보고 나서 조금 그려본 게, 40~50대가 되면 나도 동네 도서관에서 하는 프로그램에 참여해야겠다. 이런 생각이 들었어.

보영 SF 얘기를 한다는 건 어떤 거야?

수양 수업 중에 가짜 신분을 만드는 과정이 있었는데, 어떤 분이 정말 특별한 로봇이 되셨어(그분의 아이디어니까 자세한 내용은 생략할게). 사실 난 내가 나이가 많아지면 환상적이거나 공상에서 비롯된 이야기를 그만둘 거라고 생각했어. 되게 웃긴 게, 환상소설 작가들은 나이가 들어도 계속해서 쓰잖아. 그런데도 나는 시간이 지나고 나이가 들면 자연스럽게 그걸 안 할 거라고 생각했나 봐. 나이에 대한 편견 때문에. 그분들이 그렇게 하시는 거 보고 내 생각이 짧았다, 그냥 여전히 잘할 수 있는데, 이런 생각이 들었어. 나도 10년쯤 후에는 좀 여유를 가지고 도서관에서 하는 프로그램에 참여하고 싶어졌어. 네가 진행하는 프로그램에도.

보영 고마워. 수업 얘기 따뜻하다. 난 40~50대가 되어서도 시 수업을 계속하고 싶어. 그게 나를 계속 젊게 만들 것 같아.

수양 더 젊어지면 어떻게 될까?

보영 0세가 되고, 그 이후에는 사라지겠죠?

시의 뺨

보영 언니, 난 내 시집에서 짧은 시를 문지방 시라고 불러.

수양 문지방 시……!

보영 나는 보통 긴 시를 쓰거든. 빽빽하고 이야기 같은 시들을 즐겨 써. 그런데 시집을 꾸릴 때 순서를 정하기가 조금 난감한 거야. 긴 시만 나오면 독자들이 읽을 때 힘들잖아. 그래서 긴 시와 긴 시 사이에 일종의 광고 타임처럼 짧은 시를 넣었어.

수양 나도 그러는데. 장시가 왼쪽 페이지에서 시작할 수 있도록.

보영 아, 그런 것도 있지. 그런 시들이 문지방 시 같지 않아? 한편 다른 시인들이 쓴 짧은 시는 그렇게 안 느껴지고 짧은 시가 각각 하나의 방처럼 느껴져. 근데 내가 쓴 짧은 시는 문지방 같아…….

수양 긴 시가 많으면 그렇게 짧은 시가 있어야지 묶을 때 순서를 정리할 수 있어.

보영 응. 언니도 긴 시가 많아서 짧은 시를 그런 식으로 사용한 적이 있겠어.

수양 맞아.

보영 근데 시가 안 좋으면 또 안 돼…….

수양 좋아야지. 그리고 환기할 수 있을 만큼 깔끔해야 해.

보영 그러니까. 그런데 결국 언니가 쓰고 싶은 시는 짧은 시라고 했었잖아. 그 시들은 문지방 시가 아닌 거겠지? 오히려 언니에게는 그 시들이 본질인 거고 긴 이야기 시가 문지방인 거잖아. 그럼 문지방이 너무 긴 거 아니야? 긴 이야기 시가 한 편당 10페이지이고 짧은 시는 1페이지인데, 문지방이 10미터고 방은 1미터인 셈인 거지. 방보다 문지방이 더 긴 거야! 그럼 문지방에서 살아야 하는 거 아니냐.

수양 살아야지. 살아야 하는데. 네가 그 시들을 SF 시라고 불러주니까, 긴 문지방인 것도 나름 어울리게 느껴지네. 환상적이야. 난 내 시가 너무 길어지는 걸 경계하는데 멈출 수가 없어. 또 단점도 있고.

보영 어떤 거?

수양 끝을 못 내는 거. 끝을 못 내는 그런 변화가 생겼는데. 난 원래 시를 쓰면 막 달려가서 그 끝을 딱 때려서 끝내거든.

보영 끝을 때린다는 게 뭔지 알 것 같아. 시가 끝날 즈음에 시가 뺨을 갖다 대. 거기 딱 때리면 끝나.

수양 맞아. 됐다, 끝났다, 라고 느끼는 거야.

보영 응.

수양 그런데 지금은 그게 없어지고 아주 애를 쓰는, 복잡하게 오랫동안 헤매는 그 시간이 드러난 시를 갖게 되었어. 미치는 거지.

보영 그건 좋은 것 같은데.

수양 끝을 못 낸 시가 결과물이 어떻게 나오냐면, 진짜 꼴 보기가 싫어.

보영 아, 마지막에 시의 얼굴이 없으면 난감하지.

수양 응. 그리고 굳이 내가 이제 다른 문장 중에 그런 뺨을 때린 것 같은 문장을 가져다 놓기 위해 애를 쓰고 막 그러면, 진짜 번잡하고 모양새가 좋지 않아. 그래서 내가 시를 길게 쓰잖아? 언젠가는 와. 그때까지 쓰면 되거든. 그렇게 해서 길어지는 게 정말 좋은 시를 쓰는 방법일까?

보영 음. 과감하게 버리는 게 더 좋을 때가 많았어. 근데 어쩔 수 없이 시가 길어질 때가 있잖아? 나는 짧게 쓰고 싶은데 시는 길어지고 싶어 하고. 이 두 힘이 밀당을 하면서 적절한 길이를 찾게 돼. 그래서 굳이 시가 길어지도록 부추길 필요는 없다고 생각해.

수양 아, 난 이것도 궁금한 게, 다른 사람의 시를 보잖아? 그러면 내가 그 사람하고 다른 사람이어서 그런 거겠지만, 나처럼 뺨을 때리려고 난리를 치지는 않는 것 같아. 자연스럽게 그곳까지 이끌거든.

보영 언니도 뺨 때리는 느낌 없어. 그건 자기 눈에만 보이는 거니까.

수양 맞아 그거야. 자기만 아나 봐. 나는 항상 시가 뭔가 탕, 하고 끝난다고 생각하거든. 내 안에서는 있기 때문이겠지.

보영 웅! 정말 물리적으로 소리가 나. 아무 고민 없이 거기서 끝내. 절벽까지 와버려서 더 가면 안 되는 사람처럼. 그런데 요즘은 제목 정하는 것조차 어려워. 시님이 얼굴을 잘 안 보여줘. 이마도. 정강이도, 발가락조차…….

수양 맞아……. 시간이 흐를수록 제목도 잘 못 정하게 되는 것 같아.

보영 그래?

수양 시 한 편의 제목을 요즘처럼 고민해본 적이 없었는데.

보영 응, 왜 그럴까? 네다섯 개의 후보를 만들고 그중에 하나를 고른다니까?

수양 맞아, 맞아. 그리고 나는 이것도 싫은데, 원래는 이미지를 가지고 되게 재밌어하고 그걸 즐기면서 쓰고 그랬거든? 또 서사를 가지고도 했고? 그런데 요새는 말로만 하려고 그래.

보영 진술로만 이루어진 시를 말하는 거야?

수양 완전 오로지 고백으로만 이어져 있어서 화나.

보영 그것도 해봐.

수양 그런데 난 그런 시를 쓰고 나면, 그러니까 진술 시도 그 안에서 여러 가지 일이 벌어지면 훌륭하잖아. 요새 내가 쓰는 진술 시들은 불평불만을 하는 시, 혹은 투정을 부리는 시, 애교를 부리는 시, 이런 거 같아서 내 마음의 힘을 빠지게 하고 발작처럼 부끄럽게 해.

보영 진짜 웃기다…… 애교 부리는 시. 역시 시래기(시 얘기)가 제일 재밌어.

수양 요망한 시래기……. 그래서 나 요새 시 엄청 길게 쓴 거 알아? 블로그에 몇 번 올린 적 있는데.

보영 난 그 호흡에 너무 놀랐어.

수양 그건 한 번에 쓴 게 아니니까 호흡도 아니지.

보영 이런 거 다 어떻게 하는 거냐, 이런 생각이 들었어.

수양 그냥 너무 한 번에 딱 하고 싶은데 그럴 수가 없으니까. 하나를 일관적으로 밀어붙일 수가 없으니까 단계적으로 계단을 밟아서 끝내려고 하는 거야. 재밌어서 못 견디게 좋아서 쓰는 그런 시가 아니라 어떻게든 노력해서 쓰는 시를 이제 하는 거지.

보영 노력으로 쓰는 시라. 언니, 그런데 시의 얼굴이 보이지 않게 된 게 좋은 것 같기도 해. 사실 그게 시의 진짜 얼굴일 수도 있잖아.